恐怖电梯

Ascenseur pour l'échafaud

［保加利亚］诺艾尔·卡莱夫 —— 著

吴宝康 —— 译

上海文艺出版社
上海故事会文化传媒有限公司

编委会

总策划 夏一鸣

主 编 黄禄善

副主编 高 健

编辑成员（按姓氏拼音为序）

蔡美凤 高 健 胡 捷

黄禄善 吴 艳 夏一鸣 杨怡君

名家导读

/吴宝康

　　吴宝康,博士,上海海关学院外语系退休教授。英国皇家特许语言家学会中国分会专家委员会委员,上海对外经贸大学澳大利亚研究中心校外研究员,上海市翻译家协会会员,上海市外文学会会员。澳大利亚墨尔本乐卓博大学访问学者和澳大利亚悉尼大学访问学者。

　　《红楼梦》里有句话说:"机关算尽太聪明,反误了卿卿性命!"此话用在《恐怖电梯》里的主要人物于连·库图瓦身上是再恰当不过了。

　　于连开着一家进出口贸易公司,但经济效益显然不行,到处借债,在所难免,甚至还连借带骗,连内兄乔治也曾受其蒙骗。他借了高利贷者博尔德格力斯一笔巨款,到期后展期数次,仍无力归还。眼见陷入困境,无法摆脱。于是,于连精心策划了一起谋杀案,于某个周六下午成功地在博尔德格力斯的办公室里除掉了他,并伪装成此人自杀。可他偏偏百密一疏,忘记消除一个致命的证据。待于连走出办公大楼,坐上汽车准备去接妻子热纳维埃夫时才突然发现这一疏漏。于连心急火燎地奔回办公大楼去取回证据,匆忙之中就让汽车引擎开着,车门未关,以为去去便可回来，只是片刻的耽搁而已。谁知，当于连乘着电梯上楼时，守门人艾伯特却在地下室里关闭了电流总闸门，并锁上了办公楼的大门，回家度周末去了。这下可好，于连乘坐的电梯一下子就停在十楼半的高度，活生生地把他关在漆黑一片的电梯笼厢里，无人知晓。

这个意外引发了一连串可怕的后果，于连根本想不到，也绝对不愿意看到。首先，一对路过的情侣弗莱德和特丽萨顺手牵羊，开走了于连的车，去马尔利乡村游玩，还冒用于连的名字住进了一家旅馆。其次，于连的妻子热纳维埃夫当时急于去和丈夫见面，却在办公大楼附近见到一个陌生的年轻女子上了于连的车后，车子开走了，就以为于连出轨了。这引起了热纳维埃夫的嫉恨并波及其兄乔治。最后，一对来自巴西的夫妻因开着豪车和旅行拖车在马尔利露营，惹得囊中羞涩、正为如何支付旅馆费用而发愁的弗莱德眼红，觊觎他们的钱财。结果，在周日深夜，这对夫妻双双殒命，钱财遭窃。而在周一清早神不知鬼不觉地出了电梯并逃离办公大楼的于连对此毫不知情，却在家门口被警探抓住，莫名其妙地成了马尔利凶杀案的凶手。为掩盖自己谋杀博尔德格力斯的罪行，于连难以为自己辩护，他坚持不吐露真相，以为警方最终会查明真正的凶手，自己即可逃脱法网。然而，人算不如天算，审讯法官歪打正着，自以为聪明得计的于连终究没能逃脱正义之手的惩治。

《恐怖电梯》的作者是尼西姆·卡莱夫（Nissim Calef），笔名诺艾尔·卡莱夫（Noel Calef）。尼西姆·卡莱夫于1907年9月29日出生于保加利亚，他在法国完成了中学学业，在奥地利维也纳接受了高等教育。他能流利地使用多种语言：保加利亚语、意大利语、德语、法语、西班牙语和英语。他在20世纪30年代定居法国。在第二次世界大战中，他遭法国警方逮捕，被关押在法国德朗西集中营，在那里忍饥挨饿，之后被辗转关押到意大利的巴多内基亚、托伦蒂诺，以及乌尔比萨利亚等地的集中营。战后他返回法国，使用笔名诺艾尔·卡莱夫用法语继续写作。他一生中出版了二十多部中长篇小说和短篇小说，其中包括六部侦探小说。1956年他的小说《承运失败》(chèque au porteur) 荣获巴黎警视厅文学奖。该文学奖每年奖励一部最佳侦探犯罪作品。他有多部作品被改编为影视剧，包括《潜行的陌生人》(Stranger on the Prowl)、《难以送达》(Not Delivered) 等。《恐怖电梯》更是触发了路易斯·马卢（Louis Malle）的灵感，将作品改编为电影《通往绞刑架的电梯》(Elevator to the Gallows)。除了文学创作之外，卡莱夫还从事电影剧本编写，甚至在约瑟夫·洛塞（Joseph Losey）执导的电影《一个要毁灭的人》(A Man to Destroy) 中扮演了一个角色。1968年5月10日，卡莱夫在法国逝世。

《恐怖电梯》出版于1956年，问世之初，并未引人注目，但随着1957年著名导演路易斯·马卢根据该作品改编拍摄的电影《通往绞刑架的电梯》于1958年在法国上映，卡莱夫名声大振。平心而论，《恐怖电梯》的构思独特，别具一格。卡莱夫沿着三条主要线索展开了故事的叙述，而每条线索又环环相扣，分别展示了其中所涉及各种人物的心理活动和所作所为，当然，也包括几个次要却又关键人物的举动，先后推动了情节的逻辑发展，直至于连被送上绞刑架。

作品中，卡莱夫刻画的于连栩栩如生，真实可信。从小说中不难看出，于连可谓足智多谋，但为人奸诈，工于行骗。他谋杀高利贷者博尔德格力斯的计划应该说是奇思妙想，天衣无缝，若非他千虑一失，还真有可能让他成功躲避法律的制裁，就连警方都认为博尔德格力斯是自杀身亡，并未怀疑他人谋杀，可见于连的计划周密而又狡诈。作者对于连无意中被关在电梯里这段时间的心理变化、情绪波动，乃至绝望举动均做了细致的描述，使读者有了身临其境之感，恰如其分地渲染出恐怖绝望的气氛。至于于连在法官审讯时的情节，作者更是入木三分地呈现了他的矛盾心理，既不想莫名其妙地被诬为马尔利凶杀案的凶手，又绝对不能为了证明自己不在凶案现场而泄露身陷电梯的情况，以免警方联想到博尔德格力斯案。于连这种进退两难的状况也正是他"聪明反被聪明误"的真实写照。

而于连的妻子热纳维埃夫却是个貌美智拙之人，心理更不成熟，嫉妒心极强，一直生活在于连的百依百顺及其兄乔治的万般溺爱之中。尽管如此，她内心仍缺乏安全感，她会频繁打电话给工作中的于连，只为问一句："你还爱我吗？"于连有个年轻漂亮的女秘书丹妮丝，这让热纳维埃夫耿耿于怀，嫉恨不已。于连因被关在电梯里而"失踪"时，她就把丹妮丝列为和于连幽会私通的头号怀疑对象,和乔治带着警察深夜前去"捉奸",没想到却打扰了丹妮丝和情人保罗,乔治因行事鲁莽而惨遭保罗愤怒的一拳。因为周六夜晚于连"失踪",热纳维埃夫目睹有陌生女子上了于连的车,便固执地认为于连出轨了,于是,她立刻忘记了平时于连对她的深爱,坚决要求乔治为她办理离婚手续。直至最后,法官让她作为目击证人指认周六夜晚那女子上于连车时,于连是否就坐在车上,实际上,她只是远距离地从车背后透过玻璃看到驾驶座上有人而已,根本未及细细辨认,车子便开走了。然而,她不顾一切地坚决指证驾驶座上的人就是于连。其实,那时于连被关在电梯中,正一筹莫展呢。嫉妒和仇恨蒙蔽了她的双眼和理性,使她抛弃了往日的恩爱夫妻之情。

那对顺手牵羊的情侣弗莱德和特丽萨也被作者描绘得性格分明。弗莱德家境富裕,天资聪明,但心理不成熟,性格叛逆,好吃懒做,他的父亲却惜财如命,父子之间难免产生隔阂。弗莱德又染上了偷窃恶习,给父亲带来不少麻烦。对此,弗莱德不以为耻,反而窃喜,自以为是让父亲难堪的妙法,自然就不思悔改,屡屡重犯。而他的女友特丽萨为人善良,性格温柔,也曾劝告过弗莱德别再行窃,但弗莱德含糊应付她之后,特丽萨便轻信了男友的承诺,转而憧憬起美好的未来。当他们见到一辆车门打开的汽车后,弗莱德便顺手牵羊,硬要特丽萨上车,去马尔利游玩。在马尔利的一家旅馆,他有意遮掩自己的面容,冒用于连的名字入住。一切显得很顺利，但如何付账却是个难题。此时恰逢来自巴西的佩德罗与他法国籍的妻子杰曼在马尔利露营，他们的财富引起了弗莱德的嫉妒。结果，就在周日深夜，夫妻两人死于与弗莱德的胡乱开枪对射中，而他们的钱财则落入了弗莱德的口袋。于是弗莱德付清了账单，带着特丽萨在周一凌晨开车返回巴黎。但特丽萨出于良知，怀疑弗莱德的钱来路不明，终于趁他疲倦熟睡时，确定了心中的疑点。为了赎罪，她扔掉了弗莱德盗窃的手表，焚烧了偷来的钱币，销毁了一切犯罪证据，最后打开煤气，与弗莱德一起结束了生命。

整部小说涉及了两桩命案，于连只是第一桩命案的凶手，与第二桩命案无关，可奇特的是他却因为与他无关的命案而受到了法律的制裁。作者构建的这个情节确是一反侦探犯罪小说的传统惯例，别出心裁，读来也颇有一番情趣，这也正是这部小说的独特之处，似乎有违大多数读者的常识和逻辑判断，而这也恰恰反映了世间万事万物的变幻无常，犯罪形式不同，正义得到伸张的方式也可以多种多样。可能有些读者会感到有所疑惑。何以如此？究竟何故？那么，仔细阅读本书，一探究竟，聊解心中的疑惑，倒也不失为一种阅读体验的乐趣。

Contents

精心策划 冒险实施　1

精明奸诈 图财丧命　9

机关算尽 百密一疏　24

夫困电梯 妻疑外遇　36

窃车情侣 逍遥出游　45

离婚理由 惹怒兄长　59

乡村旅馆 情侣度假　71

警局报案 电梯噩梦　87

哄妻回国 惊见手枪　104

警官来访 开始调查　114

觊觎钱财 情侣撕火　124

夫妻争吵 携枪野宿　135

黉夜突访 遭遇尴尬　146

恐惧开枪 夫妻殒命　155

无奈付账 归还窃车 167

周一来临 脱身出楼 178

厘清恶行 忏悔自杀 185

罪证销毁 警探恭候 197

误遭指认 百口莫辩 212

歪打正着 正义终临 230

精心策划 冒险实施

巴黎各条街上的路灯都亮了。可是，刚被阵雨冲刷过的柏油马路上，乌黑潮湿，却没有反射灯光。天色还亮着，人群匆忙地走在街上，路过那些大型商店，可商店橱窗暗了。法国当时的周末始于星期六下午，人们只要有可能，就去乡村度周末了。

然而，在市中心，还有些公司的员工工作得很晚。各处的银行橱窗都亮着灯，包括乌马－斯坦达德大楼的几个楼层。这幢大楼可谓是豪斯曼大道上最高、最新也是最丑的办公楼了。

在一扇半开的窗户后面，一名男子与一名女子面对面坐着。他坐在一张金属办公桌后的办公椅上；她把速记本放在膝盖上，等待着记下这封信的其余内容,但那内容似乎还难以说出来。

男子的下巴低垂,沉浸在自己的思绪中。他看向未来,设法看到一星半点的希望,而不再看向离自己三英尺远的秘书。

他机械地看看手表。这已经是第十次了,她暗自对自己说,他紧张的时候真不讨我喜欢。突然,她想到了一个真相,他爱上我了吧!她耸了耸肩,不可能。他太爱他妻子了。一个爱追女人的男人,是的……

为了弄清事实,她把裙边稍稍拉高了一点,露出膝盖以下的双腿。男子纹丝不动,但空气中慢慢地弥漫起欲望,这与早春的温暖气氛恰好相宜。

在阴影和寂静之中,一阵刺耳的电话铃声突然穿透了空气。他们都从椅子上跳了起来。那男子吃了一惊,以致砰地撞到了办公桌。电话铃又响了一下,他做了个紧张的手势:"听听是谁,丹妮丝。"

于是,她就伸手过去,拿起了电话听筒:"于连·库图瓦进出口公司。找库图瓦先生?我去看看他是否在。请稍等,夫人。"

她用手掌遮盖住电话听筒,嘴唇翕动着:"你妻子。"

他畏缩了。随后,他伸手接过了电话:"喂,有什么问题了?噢……太好了。好的……什么?你脑子里的想法……我在工作,我告诉你……当然不……一切都在进行中。"

他停顿了一下,他妻子说话了。她的回答通过耳机传来,有点失真。然后,他抬高了声音:"当然不。你为什么又想出这些事来?……瞧,你知道我只是取消了我们的周末长假,因为我……"

他转向了丹妮丝,仿佛是要她来作证似的——他已经口干舌燥了——她又坐了下去,这次跷着二郎腿,脸上显出淡淡的微笑。

"当然不!"他对着电话听筒怒吼了一声,目光却无法离开秘书的大腿。

听筒里清晰地传出了尖叫声,他把听筒拿得离耳朵远一点,同时向丹妮丝羞怯地笑笑。

"没什么,热纳维埃夫。你打电话就是要确认我在这里吗?好吧……你听到了……我就在这里!"

他说话时眼睛不断地看向秘书。而她抬起眉头,做出讥讽的样子,让他颇感尴尬。他妻子的声音更响了,他只得把听筒拿得更远点。他转向丹妮丝,想着也许她会理解,也许她会离开这房间。但她无视了他,却非常认真地拉直了腿上的长筒袜缝线。

于连·库图瓦的脸上闪过了一丝疲倦的神色。丹妮丝对他来说什么也不是,什么都不是,但他却深受诱惑,真想抛下一切,电话、计划、种种忧虑,就和她一起消失,在她的怀里忘却一切,哪怕只有一个晚上……是时候该把事情都解决了……可在电话线的另一端,一个问题抛了过来。他回答道:"我完全同意。"

对方抓住这点滔滔不绝，乱七八糟地说了一大堆。

接着，稍停了一下，对方极其清晰地问道："你还爱我吗？"

丹妮丝别转了脸，她也听到了。

"嗯……那是当然。"

"不，于连。说出来，说出来吧！"

他张口结舌，智穷计尽。他的秘书转头看向别处。于连狂怒起来。

"对不起，热纳维埃夫，现在不是恰当的时间。"

"你旁边还有其他人吗？"

"是的，哦，你明白吗？什么？可我完全镇静。相信我的话。不，我要到7点才回家。稍晚点……我在6:30有个重要的商务约会。那就是了。好，马上再打来吧，确信我没有挪动半步！"

他粗鲁地挂了电话，坐了下来。丹妮丝一脸无辜地看了他一眼，但没有放下她的裙边。

"亲爱的丹妮丝，永远别结婚。"他说道，有点不自然地笑笑，"噢……我们说到哪里了？"

"亲爱的先生……"

"对，就这里……亲爱的先生……我们已经收到……"

他又抬起手臂，看看手表。

丹妮丝在纸角上写了个"11"，再加了个圈。

"我们已经收到,"她复述道,"您的来信……写上日期吧。是哪一天,先生?"

她在嘲弄他,可他没在听她的话。他咳嗽一声,转向了窗户。窗外是黄昏的美景,光线柔和,这就是四月初的天气。他再一次看看手表。

"您什么时候再开始口述信件,先生?我想您的意思是向他们索要一本商品目录。"

"没关系。"

渐渐地,大楼里的各种声音响起来了,尽管受到距离和墙壁的阻隔而变得模糊不清:忍俊不禁的笑声,拖着脚走的匆忙脚步声。时间已经过了5:30了。星期六下午的班上完,员工们都准备离开了。丹妮丝受够了。

"今天就此结束了,好吗,先生?"

于连·库图瓦猛然站了起来,他的椅子差点翻倒……

"什么?噢……是的。继续写信吧。"

他走到窗前,有点痛苦地呼吸着,他似乎感到空气并没有一直吸进肺里去。

丹妮丝抗议说:"可是,先生,快到6点钟了。"

他转过半个身体,对她似笑非笑地说:"我知道,丹妮丝,我知道。但我需要你等到6:30。"

她刚想说话,他就打断了她:"别生气,亲爱的。我有重要事情要做……一个大买卖。我会给你笔记,你就能在星期一我上班前打印出来了。"

女孩看起来很为难。他把一只手搭在她的肩膀上,但不是像家长那样的专横派头,继续说道:"不会太久,就到6:20吧。好吗? 到6:20打内线电话给我,你就下班。同意吗?"

他的声音变得温和,牙齿闪烁着光泽。他有魅力,他自己知道这一点,也知道如何利用魅力。丹妮丝朝他闷闷不乐地点了点头,走向门口。她伸手放在开关上,问道:"您要开灯吗?"

"不,别管它了。我得思考一下。"

"好吧,先生。"

她正要离开,但他又叫住了她:"丹妮丝! 要确保,无论如何不要打扰我。"

"但是……如果库图瓦太太打电话来呢?"

"就对她说我……对她说,我忙着和一位客户谈话。6:30以前没别的事了。"

"您说过是6:20的!"

"对,当然啦,6:20。谢谢。"

她离开办公室,关上了门。于连独自一人了。

透过隔间的墙壁，那些笑声、叫声、来来去去的脚步声时隐时现。他点了好几次头，觉得满意，但他的脸色依然紧张：墙上的电钟显示5:43。他核对了一下手表，舔了舔嘴唇……他走进办公室后面的私人盥洗室，洗了手，仔细地擦干，从存放干净日用品的壁柜里，他抽出了一块手帕，放进胸前口袋里。他的额头上已经冒汗了。

他回到办公桌后，把抽屉拉开一半，取出了一个新的支票本和一份打印好的报告：《巴黎郊外石油精炼厂建造报告》。

他把这几页纸折叠起来，塞进了夹克衫口袋里，又看了看地板上的公文包。焦虑的情绪让他感到透不过气来。

"我必须得完结这件事，就这么办！"他轻声自语，咬紧了牙关。

时间还没过去两分钟，他悄悄地走到门前，这扇门通向接待室，丹妮丝就在那里，还有一台打字机。他开了一条门缝。

秘书正在轻声地打电话："那是你的想法！一到6:20，我就'砰'地关门走人。我不知道他今天在想什么。一直到下午5:00，我除了阅读，什么事都没有。然后，他开始口述一封信，可他还没有想好呢。他根本坐不住……绝对如此！绝对不是！甚至不看一眼我的美腿了。他以前可是会睁大眼睛看着我的腿。不，要我说的话，他有个重要约会。"

于连的眼睛一亮，很满意。

丹妮丝继续打电话,确信没有外人，就把两腿搁在办公桌上了。"哎呀，还不错……够高了……相貌平平。拿到照片了吗？但你没法照出来的是眼睛。你知道，那双眼睛看上去好像会问你任何事——任何事。"

他俯身向前，以便听得更清楚些，颊骨上一阵痉挛。

"就我们闺密之间说说，他还真的能撩她们，那些女人。但他仍然痴迷他妻子，一个唠叨不休的女人，不过她很有钱。不管怎么说，她的哥哥是……嗯，就像这样，我每隔五分钟给你打电话，拧着你的胳膊：'你爱我吗？再说一遍，再……'就是这类人，你明白了吧。什么……当然，他是个花花公子。无论如何，要不是为了保罗，我也许就放任自己，受到诱惑了……"

门背后，他似乎在品味着这段聊天，时不时地微微点头。

"无论如何，他今夜肯定有件真正重要的事要干，已经看了十一次手表了，还告诉他妻子，他 6:30 有个'商务约会'……"不再理会丹妮丝的唠叨，于连轻轻地关上了门。此时已是 5:48 了。一时间，他犹豫不决。他掏出了支票本和精炼厂建造报告，瞪眼看着它们。他紧张不安地拉开了办公桌的另一个抽屉，取出一把自动手枪。但他一阵颤抖，又把手枪放了回去，含糊地嘟哝着："不，不管有用还是没用，但……"

他深深地吸了口气，最终，"肯定有用！"他下定决心。

他从地上捡起了公文包，直接走到窗前，跨过了窗台。

精明奸诈 图财丧命

　　他犯了个错误,竟然看向十二层楼下面的街道。他的脑袋一阵眩晕,胃里翻腾不已。底下的汽车开着车灯,往各个方向飞驰而去,车灯切割着夜色,沿着人行道的街灯宛如珍珠项链似的漂亮。霓虹灯招牌闪烁着五颜六色的光晕向他扑面而来。他抵抗着虚无的拉扯,咬紧牙关,强迫自己的另一条腿跨向窗台。

　　此刻,他站在窗户外的狭窄窗台上,背部紧靠着外墙,风吹乱了他的头发。他小心翼翼地打开公文包,伸手进去,拉出了一段缠绕着三爪钢钩的绳子,那是登山运动员的抓钩。他把公文包放在窗台上,快速地解开绳子。他浑身冒着汗,右手抓着绳子上距离抓钩一臂之长的地方，左手把抓钩在窗台边缘放下去，然后抓起绳子的另一端。他开始用右手摆荡着抓钩，把绳子甩成弧形，一次，两次，很快就甩成了圆形的绳圈，圆弧越转越快，摆荡到上方时，他突然松开了手。抓钩向上而去，消失不见了。绳子紧跟着蜿蜒向上，接着停住了。他等了一下，然后拉拉绳子。太好了，一次尝试就用抓钩钩住了楼上的窗台。

　　他把全身重量都吊在绳子上，注意不看楼下。绳子承受住了他的体重。他再往外挪了一点，两手抓紧绳子，面对着墙壁，一只脚先蹬在墙上，然后是另一只脚。他开始两手交替着拉住绳子往上爬，像只苍蝇似的用脚在墙上爬着。他的后背承受着自身的体重，绷得紧紧的。街道上的各种噪音向他飘来……他抵达了楼上的窗台，用手抓住窗沿，大口地喘着气，把自己拉了上去，同时因为危险浑身颤抖。

　　他慢慢地直起身体，动作极其缓慢。抓钩就在眼前，两只钢爪钩住了窗台。他不由得一阵恐惧，钢爪看上去那么小。接着，他痛苦地一小步、一小步地挪动着，移向右边，两手紧扣着墙壁，仿佛是吸盘一样，手指嵌入延伸在墙上的窄小檐板上，左脚移动了几英寸，右脚跟上去，左脚再移动几英寸……当他移动到下一扇窗户时，心里一阵颤抖。他终于如释重负，爬进了打开的窗户里。

　　他进入的办公室相当宽敞，空无一人。地上到处都溅上了泥灰，油漆罐扔得满地都是，地面蒙上了一层细细的白灰。于连走向玻璃门，看到玻璃反面用油漆写上去的未完成的标志——"PRIV"。

他猛然一惊,仿佛是才想起了什么事情。他不安地伸手到裤子口袋里,掏出了一副轻薄手套。戴上之后,立即沿着进来时的脚印退回。他仔细地擦拭了他触碰过的窗台,然后返回到玻璃门前,在扔在地上的纸板上,用力擦干净自己的脚。

他缓慢地用戴着手套的手转动了门把手。走廊里没人。于连恢复了镇静,他关上身后的门,平静地走了。

没人。他长舒了一口气,全身都放松了,走了几步,他就听到断断续续的说话声。

"试试我的唇膏。你看,太妙了。"

"这就是你用的东西,小妹?"

于连·库图瓦没停下脚步。真有魅力,这些小女孩。不过,下次吧。他走得更快了。还是没见到人。一切就如计划的那样。走廊转了个直角,于连也转了过去。大楼的这一侧灯光暗淡了一点。这里只有单间的办公室,星期六几乎都关门了。走廊尽头的那间还没有关,门口有灯光照着标牌"博尔德格力斯抵押贷款公司"。于连偷笑着,脱下了手套,塞进口袋里,没有敲门便走了进去。

一个男子,不显老,秃顶,坐在旋转椅上,低头在办公桌前工作。此刻,他抬起了头,干燥的薄嘴唇上显出了微笑,但那可不是欢迎的微笑。

"啊！是你，库图瓦。"

"嘿，博尔德格力斯。"于连说着，关上了门。

这位高利贷者并没有移动，但他的笑容更加灿烂了。

"没开玩笑吧！现在你星期六下午还在工作？"

"你也是啊，一直在工作。"

"我吗？那可不一样。假如这幢糟糕的大楼星期天开放，那我也会工作。我喜欢我的工作，你知道的。"

"你要是说，你喜欢金钱，我就相信你。"

"嗯哼，难道你不喜欢？"

"我喜欢，"于连承认说，"但喜欢的方式与你不同。"

博尔德格力斯用手帕擦了擦汗水津津的手，他很紧张。

"你知道吗？我真的看错你了，库图瓦。"

"此话怎讲？"

"我以为你是个赖账的人，就像每个不走运的诈骗犯一样。我曾经猜想，你除了追女人之外，不会想到其他事的。"

于连假笑了一声："我明白了。那么，是什么让你认为我改邪归正了？"

"今天在这里见到了你。"

来访者看起来大吃一惊："但今天不是最后期限吗？"

"你从什么时候开始担心过那些最后期限的？别忘了，从法律上来说，要到午夜零点才是最后期限。更好的消息是，因为周末，你可以到星期一上午才还钱。"

"是什么让你认为我需要拖到星期一上午？"

放债者的脸色凝固了："你有钱了？"

"没有。"

他又露出了纯粹的讥笑。

"这就是刚才我还在对自己说的话……好吧，那你想要求什么？延期？这不好，我坚守规则，库图瓦。"

"可你定利率时并没有这么做。"

"你还知道，当你来这里借钱时，那是在什么情况下吗？"

"知道。但是，反正都一样。借四百万法郎现金，却签了一张五百万法郎的还款汇票，你是不是太夸张了一点？"

"可怜的天真家伙，他签的时候还未成年呢。不开玩笑了，我的朋友。我没有骗你。你缺钱，自然就会有风险。如果我在星期一上午9点还没有收到你的还款，我就向法庭申请你汇票的拒付证书，理由是资金不足。你自然会输，然后，你会破产。"

"省省你的诉讼费吧，我可以马上就给你开一张支票。"

博尔德格力斯吃惊得睁大了眼睛。

"一张支票？"

"是的，一张支票。你知道什么是支票，对吗？"

"别再胡闹了，库图瓦，"高利贷者咆哮着，"没人会拿五百万法郎胡闹的。你给我开出支票，而我还拿着汇票等支票兑现，有什么意义？"

于连耸了耸肩，倚靠在办公桌旁，说道："你把汇票给我。如果支票兑现金额不足，你就报警。这样，我反正都会破产。"

博尔德格力斯皱起眉头，想找找是否暗藏陷阱，但找不出来。

"没错，就这么办吧。"他沉思着说。

博尔德格力斯转动椅子，以争取点时间，却发现自己面对着椅子背后的保险箱，他心不在焉地开启保险箱上的暗码锁。"咔哒"一声，沉重的保险箱门打开了。于连一眼就瞥见了一把军用左轮手枪，放在其中的一个搁架上当作镇纸。高利贷者的手指摸到了一捆用橡皮筋捆扎的文件，从中抽出了那张汇票。

博尔德格力斯让保险箱门开着，转过身来，把汇票放在办公桌上。他用手压着汇票，两眼看着于连，冷冷地重复了一句："没错，就这么办吧……"

他叹了口气，仿佛交出汇票让他感到很痛苦似的："好吧。我把汇票还给你，你换一张五百万法郎的支票给我。"

于连把手伸进了自己的口袋。

"等等，"博尔德格力斯威胁道，"我向你发誓，假如星期一上午这张支票金额不足，我就报警，你会因为开空头支票而被关进去，我已经警告过你了。"

"你觉得我会那么愚蠢，给你开空头支票？我知道你会想都不想，就把我送进监狱的，别担心那事。用你的脑子想想吧！"

"我会的，"博尔德格力斯说道，"但我没想明白。你现在已经把钱放进银行了？"

"我从来没这么说过。"

"噢呵！太好了。"

"好什么？不想要钱啦？"

"当然要，当然要。只是……我倒还想要你的进出口公司呢。"

"你想要它干什么？那是个贸易公司，不是贷款处。"

"我需要一个新门面，这里越来越闷热了。"

一时间，他们沉默地彼此直视，两人都强装笑容，都想看看对方下一步会怎么欺骗他。博尔德格力斯大汗淋漓，紧攥着手帕。

于连对他这副模样极为厌恶。于连只想做一件事：放弃一切，屈从任何人和事，这样他就无须执行自己的计划了。于是，他首先垂下了目光，嘟哝道："让他人破产，毁掉他人，你能得到什么乐趣？"

博尔德格力斯很得意。

"做生意是我的乐趣，我不爱追女人。"

于连不由自主地开始恳求:"听着,老兄,假如你就宽限我两个月,我向你保证我会……"

"他妈的一天也不行!"博尔德格力斯叫嚷道,"把你的伤感故事留给那些会替你付账的骚女人吧。它们在我这里一文不值。你总不能对银行说甜言蜜语吧。"

库图瓦咬着嘴唇。

"自从我签了汇票的那天……"

"那是一年前了,"高利贷者满怀怨恨地叫嚷道,"自那以后我已经展期了三次,你别忘了!"

"每次都敲诈了五十万法郎,你也别忘了!听着,博尔德格力斯,听我说。或许我没有绝对的坦诚,但我绝对不会欺诈,不管怎么说……"

"不管怎么说,你已经发了不少不义之财。你诈骗了你内兄多少钱了?天知道!所以,你已经走到这一步了,对你来说,再骗一次又怎么样?"

于连惊讶得目瞪口呆,便直起身来。

"什么……什么诈骗?"

"玩弄支票的把戏。有人会在这上面倒霉的……"

"也许吧,"于连承认,"所以,我们更应该尽量避免事情发生。"

"不可能。你想找什么麻烦都行,可我只想要回我的钱。"

他再次用手帕擦干了双手，大笑起来，那笑声就像打开一扇生锈的铁门那样刺耳。

"快点吧，你今夜肯定有约会。"

"告诉我，博尔德格力斯，你不会感到嫉妒吧？"

博尔德格力斯吃了一惊。

"嫉妒？你在说什么？你发疯啦？"

于连的眼睛一亮，摇了摇头。

"可怜的老博尔德格力斯，老是在谈论女人，从来没睡过一个。你阳痿了，我说对了吗？"

高利贷者的脸色变成深褐色了。于连则一时感到惊慌了。随后，他又坚定地继续说道："看在上帝的分上，博尔德格力斯，在你一生中有过一次体面的冲动，你不会后悔的……"

博尔德格力斯的拳头砸在桌子上。

"够了。如果你要推销心理分析术，去隔壁试试吧。如果想唱圣歌，去找救世军试试。在我这里，你要么还钱，要么滚蛋。签了那张支票，这样我好送你进监狱。"

于连一屁股坐进了椅子。他拿出新的支票本，拧开了笔帽，此刻，他的声音冰冷。

"你刚才说，有风险。你说对了，你知道的。终有一天，某个像我这样可怜的家伙会杀了你,那对大家都是皆大欢喜。"

博尔德格力斯爆发出一阵高声大笑,笑得喘不过气来,最后是一连串的咳嗽。

"别为我伤心了,我知道如何照顾好自己。"他喘着气,指指那把沉重的左轮手枪,"这是对业余杀手的严正警告。"

一阵狂怒攫住了博尔德格力斯,他一把抓起那捆文件,挥舞着。

"业余杀手!这种人太多了。懒鬼!骗子!都是你和你们那种人,你们所知道的事就是,没钱了,变个法子,张开哭穷的嘴巴。"

他把那捆文件扔在办公桌上。于连憋住了紧张的呵欠。

"唔,"博尔德格力斯逼问道,"打算掏钱包还钱了?"

于连又变得冷静了,他耸了耸肩。高利贷者的声音令人难以忍受,但是,听听对他有好处。于连需要积聚起所有的仇恨,去干他来此想干的事。

"如果这是你希望的方式,"于连说道,"那就会是将要办的事情。"

于连在桌角弯下腰,快速地填写好支票。博尔德格力斯全神贯注地看着他。

"听着,朋友,"他说道,"如果这只是虚张声势,那就免了。如果我持有的汇票遭到拒付,在案件审理前,你还有几个月的时间。而你要是给我开一张空头支票的话,那么,你的麻烦马上就来了。"

于连撕下了支票,交给他,说道:"Alea jacta est……"

"什么意思?"

"如果你想的话,那就在星期一上午去兑现。"

"金额足够吗?"

"你会看到的,金额足够。"

"谁给了你钱?你的内兄?"

于连点头认可。

"太蠢了!他还相信你?"

"不完全是,"于连说道,此刻已完全放松了,"今天夜里我会给他看这张汇票。这样,他就会确信,我已经还清借贷了。然后,他会给我一张同等金额的支票。星期一上午我出门第一件事就是去银行,兑现后把钱存入我的账户里。现在,你明白这里面的关系了吗?"

博尔德格力斯不太确信,他一把抓起支票,伸长手臂,用他的远视眼仔细看着。于连的眼睛转向了那把左轮枪,枪依然躺在打开的保险箱里的搁架上。

"也许有用吧。"博尔德格力斯说着,遗憾地叹了口气。

他用指尖把汇票推向来访者。库图瓦拿起来,折叠了一下,塞进了口袋。借此行动,他偷偷瞥了一眼手表,5:58。他开始加快语速。

"好吧,嗯,博尔德格力斯,我想向你提个建议,我认为你会同意的,这可是特别优惠了。如果你想加入，我给你进出口公司的部分股权。"

"五十对五十？"

他几乎要说"是的"，时间短暂，他没法更久地控制自己的不安情绪，但他必须得按照计划进行到底。

"等一下！"他叫道。假如他轻易地立刻答应，高利贷者会有所怀疑。"有一个条件。如果我们五十对五十分享股权的话，那么也同样照此分享你这里的非法小金库的利润。"

"我不同意那样的安排。我得知道你会出什么价？"

"所以，我就给你带来了这份小小的报告。"

他拿出了打印好的报告，递给博尔德格力斯。

"乍一看，这让人印象深刻，很疯狂，但别笑。这是个极好的交易，我已经深入研究过了。巴黎郊区的一座精炼厂。"

"你喝醉了？你认为那些大石油公司会让你脱身？"

"不，相反，他们得付钱让我别去烦扰他们。只是，我们得赶快开始，这样他们才会认真对待我们。不管怎么说，这很简单。星期一你说说你的想法吧。在那之前，想想清楚吧。嗯，仔细读读……"

他绕过办公桌，走到博尔德格力斯和保险箱之间。他用左手指出报告的要点，博尔德格力斯戴上了眼镜，于连就兴奋地解释起来："任何人都可能想到的。但是，事实上，这是个新的想法。想想在运输上节省的费用吧！要是你有兴趣，需要一千万法郎启动这个项目。"

"你有钱了？"博尔德格力斯问道，连眼皮都没抬起。

"我出一半的钱，你提供另一半。你需要做的是，别去兑现我存进银行的支票金额，那算是你的出资部分。我的出资是我内兄要给我的支票，他是我的隐名合伙人，绝对不参与经营。足够清楚了吗？"

"你没有我想象的那么笨，库图瓦……"他的语调里有了些许尊重意味。库图瓦没有回答。走廊上突然传来了一阵爆发的笑声和高跟鞋发出的"嘀嗒"声，打字员们下班回家去了。高利贷者抱怨道："到6点了。每天晚上都要这么来一次，真造孽。怎么可能安静地工作……"

他又回到报告上去了。门外的噪音更响了。那些不想等电梯的雇员走楼梯下去了。每隔一段时间，博尔德格力斯就吸吮一下龋牙洞，在手帕上擦擦双手。于连抬起眼睛，为某一件迟来的事祈祷。

"在圣图安门？"博尔德格力斯问道。

"就在公墓区背后。我们取得地产的购买权，然后告诉报界……"

他气喘吁吁，右手悄悄地伸进了半开着的保险箱门，手指合放在左轮手枪上。

"……我们要在那里建造一家精炼厂，有外国资本支持。在那以后，我们所要做的就是等……"

他头颈上青筋暴出。楼上又开始了隆隆的脚步声。博尔德格力斯一拳砸在办公桌上。

"打字学校放学了,现在你还能听清什么话?"

于连真想绝望地叫喊。他大声叫道:"地产就在国家公路旁,离公墓区1600码……"

他把武器紧贴在大腿上。

"什么?什么?"博尔德格力斯在隆隆声中大叫着,"等一下,好吗?这些蠢货让我听不清了,等她们走了……"

那些打字员走下楼梯,发出雷鸣般的轰响声,听上去就像是一个骑兵团在正步前进。当噪音声响达到高峰时,于连·库图瓦便梦幻似的,做了个他反复演练了上百次的动作。他把枪管顶住了高利贷者的太阳穴,同时扣动了扳机……枪声淹没在大厅的喧闹声里了。博尔德格力斯沉重地向前扑倒,于连只得赶紧跳到另一边,避免博尔德格力斯头部喷出的鲜血溅到自己身上。

慢慢地,喧闹声消失了。随后是一片寂静。凶手站在那里,吓瘫了,动弹不得。他依然还没有意识到自己的胆量。一滴眼泪滚下了他刮干净胡须的脸颊,他没有注意到。

左轮手枪从他的手指间掉下,掉在地毯上,发出了"砰"的一声响。于连感到一阵尖叫声向他的嘴唇升腾而起,但他克制住了。

小溪流般的血液沿着办公桌流淌,然后向下滴到地上,已经向手枪漫延而去。库图瓦一阵眩晕，眼睁睁地看血液流淌，他无法移动。他知道，如果血液流到左轮手枪上，他就再也不可能擦掉枪上的指纹，不留痕迹了。那些痕迹会把自杀的推论抛到九霄云外……他拼命努力让自己振作起来。

他快速地戴上手套，捡起了手枪。他满怀爱意地擦拭了枪柄、枪管以及扳机，没看一眼尸体，背对着它，用手帕擦过保险箱门和里面的搁架。他用肘部一推沉重的保险箱门，保险箱"咔哒"一声关上了。他拿起死者的手，一阵反胃的恶心袭来，但他极力克制住了，用力让死者的手指抓住枪身，按在枪柄和扳机上，死者的手依然有温度。随后他把手枪单独放在地上。几秒钟之后，流出的鲜血又向手枪漫延过去，这次漫过了手枪。

他检查了进门时自己的手可能触摸过的地方——门把手、办公桌的边缘等，再用手帕有条不紊地擦拭过这些地方的表面。他拿起了支票本和那份凭空想象捏造出来的巴黎郊区建造精炼厂的报告，塞进口袋里。他试图避免直视博尔德格力斯。他知道此刻的景象恐怖，不敢多看，但他忍不住想要看看尸体，他的目光似乎被吸引过去了。不过，他还没瞥一眼那张流淌着鲜血的可怕面容，就昏了过去。

机关算尽 百密一疏

丹妮丝张嘴做了个"O"形,最后再抹了一下口红,抿了抿嘴唇,看看效果如何。她下眼皮的睫毛已刷上了睫毛膏,她用小指尖又向上刷了几下。

6:17,她瞥了一眼内部电话:她能冒险走吗?没用,老板执迷于准时。他核对过所有的钟,做到分秒不差,没法愚弄他。他喜欢朝她怒吼,就因为早了三分钟叫他。

她拿起外套,瞪眼看着钟,然后才穿了上去。她非常渴望有一件新的外套。要是库图瓦能如她一直要求的那样,给她涨薪水的话……

她摇了摇头,很生气。每当她要谈到此事时,库图瓦就显出一副吃惊的神色，然后教训她一番。"在这样的时刻？但是，亲爱的丹妮丝，你不会是当真的吧？生意那么糟，账目几乎不平衡……"

当然，他对自己从不吝啬。他才不会那样，尤其当他要买一辆新车，或者一下子买了五套西服，或者给他妻子送了花篮，或者身穿最新款式的服装在城里过夜，此时，账目问题似乎根本没有让他烦恼过。

"可我需要一件新的春装！"她抱怨起来，脚轻轻拍打着地面。

这似乎触发了电话机，电话铃响了。她拿起听筒，没好气地说："于连·库图瓦进出口……什么？请再说一遍。噢！库图瓦太太吗？是的，他在！"

此时才6:19，但她决定无论如何给他打电话，也就提前一分钟，能骗他一下，她心里也好受一点。于是，她按了内线按钮。

电话铃声在于连的办公室里响了起来。她按住按钮不放，身体前倾，仿佛这么做会让铃声更响点。没人接电话。她气坏了，这头蠢猪。他不会在这个时间接电话的。她真想掐死他，但又忍不住钦佩他的固执，就像大多数人那样，她把固执与个性混为一谈了。

好吧……看来不走运。

"别挂，库图瓦太太。我知道他在办公室里，没看到他离开，我一直在这里。他肯定在梳洗吧。不，真的，库图瓦太太……"

噢噢，过6:20了，怎么库图瓦还没有接电话？

"喂？库图瓦先生？已经6:20了，先生，库图瓦太太在一号线上。"

"谢谢，丹妮丝。"

她慢慢地挂上电话。他这么说话时……好像还真是疲惫不堪了，可怜的老板。对有些人你什么都能原谅。但是，你越是原谅他们，他们就越会利用你。就像保罗……保罗！他肯定急得发疯了，他在地铁口等她。她怎么才能从这里走出去？他们俩这个电话会永远地打下去。

门下的缝隙里泄露出一缕亮光。好啊，他打开电灯了。她鼓起勇气，敲敲门并打开，把头伸了进去。

她的雇主跌坐在办公桌后的椅子上，脸色苍白，大口喘着气，正在对着电话听筒说话，他声音极轻，她几乎听不清，他就像一个重病患者那样，说话有气无力。他的公务包放在办公桌上，打开着，他一直在工作。然而，在强烈的灯光下，他的眼睛却是闭着的，面容疲倦，但脸上呈现出无限的平静神色。

他不断地重复着，一遍又一遍地说："我亲爱的……你只要知道，我亲爱的……"

丹妮丝感到极不自在，仿佛是她在他洗浴时惊动了他，而他已经脱光了衣服，毫无遮挡似的。

他耐心而又温和地听着，丹妮丝在打开的门上又敲了敲。他立刻就睁开了眼睛，笑了笑。她有点尴尬地挥挥手，打了个手势：她可以走了吗？他温柔地点点头。

"星期一见。"她轻声说。

他用手遮住听筒,回答说:"好,周末愉快,丹妮丝。"

这些话和他话音里的感情比起他当时当地就给她加薪还要让她感动。她结结巴巴地说:"哦,谢谢您。也祝您周末愉快,先生。"

"哈,我……"于连的面容忽然放松了,前额上的皱纹消失了,"我会好好地睡上一觉,睡上一整天。"他又对电话听筒说了:"就一会儿,吉诺,我刚才对丹妮丝说再见,她刚下班离开。是的,我们一直在一起工作,但现在结束了……"

丹妮丝关上了门,她心里洋溢着忠诚感。

于连手拿着电话听筒,靠在椅背上。他感觉疲惫,却充满爱意。他爱热纳维埃夫,可她并非总能意识到,并且她还有充分的理由。但那又算得了什么呢?不管怎么说,他自己也并不能总是意识到这一点。只是,在他这方面,不是那么严重而已。他总是预先就知道,他会回到妻子身边,会比以前更爱她。

"是的,结束了,我的宝贝……终于结束了……哦,没法解释。累得要死的生意,还很危险。必须得冒点险……冒个大险,但就是得这样做。当然,我得干下去。我就是想到了你,所以就干下去了。你不会相信,我为你做了什么!"他说不下去了,他就想待在她身边,"不,亲爱的,我真的不够勇敢。但我得抓住这个机会,为了我们……噢,是的,结束了。完完全全……但是，上帝啊，准备工作……你知道的，我感到相当自豪。"

他开始容光焕发，危险过去了，荣耀已经出现。让他确信自己很了不起，这并不难。他对自己的慷慨认可甚至让他对着妻子张开了双臂。此刻，他需要她："好了，吉诺，我有时间会告诉你，我是多么爱你啊……"

她激动得浑身颤抖，在咖啡馆她打出电话的那个小电话间里，她兴奋得快要崩溃了。她拼命地吸着鼻子，忍住不让眼泪掉下来。

"是的，但之前……之前，你甚至一次也没对我说过，你还对我发过脾气呢。"

"之前，"他恳求道，"我正构思有关今晚业务的一封信，才构思到一半，你就打断了我，我失去了思路。现在不同了，你还不明白吗？"

"嗯，你是认真的吗？你真的爱我？"

"我爱你爱得快要发疯了。"

"噢，宝贝，宝贝……我简直想不出还有什么话要说了，太奇妙了。你对我那么好，话说得那么甜蜜，我什么都想不出了。"

"我的心肝宝贝。"

"什么？"

"我说，亲爱的。"

"噢，于连，马上回家吧！"

"再给我十分钟，宝贝。十分钟后，我保证离开办公室，直接回家。还有几份文件要安排一下……"他微笑着，从口袋里掏出汇票、支票本和那份报告，看了看，把它们都扔进了办公桌抽屉里，"听着，我有个主意，你知道我们要干什么？我们要去乡村度假，想去吗？"

她已经急不可待地跳了起来。

"马上就去！马上就去！"

他得意地笑笑。

"就十分钟，够了。我保证。"

"宝贝，我才想起来。中午时，你说你身上一分钱都没有了。现在你有钱去乡村吗？你要我去向乔治借吗？"

"不，别把你哥哥扯进来。我们的事他插手太多了。别为钱担心。我告诉你，现在一切都不同了。"

"就因为这笔非同寻常的生意吗？"

"非同寻常，就是这个说法。好吧，一会儿见。"

她快速地心算了一下。

"十分钟？不多不少？"

"对，我发誓。"

"好吧，我也会给你一个惊喜。"

热纳维埃夫匆忙走出了咖啡馆，想招辆出租车，可眼下没看到，她就决定步行。于是,她快速地走向市中心。

于连依然倚靠在椅子上,把电话听筒捏在手里。他动了动身体,发出一声长叹。他站起身来,尽情地舒展了一下手臂。结束了,真的结束了。博尔德格力斯死了,那就意味着终结了一个无穷无尽的噩梦。他想摆脱对那张可憎的面容、秃头,还有那双呆滞眼睛的回忆,便转而看看办公桌上的那些文件。他很惊奇地看着那些文件,忽然之间,他大笑起来,非常高兴。"结束了!"他大声叫道,"我没什么可担心了。"

他的大笑戛然而止。要是丹妮丝还在隔壁房间里该怎么办?他一个箭步冲到门前,用力一拉门,几乎要把门铰链拉脱了。可一看到空空如也的接待室,他的笑容又恢复了。

动作快点!他匆忙地拍打掉衣服上的尘土屑,然后他仔细地回想了一番自己在尸体旁惊醒之后的所作所为。想起此事,他不禁打了个寒战。但他得自我钦佩一下。他哪来的勇气冲出那个讨厌的小办公室?不过,幸运的是,走廊里没有一个人。

他的手套?它们还在。他记得自己用牙齿咬着拉下了手套,所以,他不可能留下一个指纹。在那个油漆工工作的房间,他擦掉了自己的脚印,要是能在那里的地面上,从许多杂乱的脚印里发现他的足迹,那可真是天才了。感谢上帝,工会让油漆工们获得了周末假期。最糟糕的似乎是漫长无比的返回之途，他紧贴着外墙，悬在毫不显眼的十三层楼高处，耳中飘来了电话铃声，心里担忧着不能及时接听电话。假如丹妮丝没有遵从他的吩咐，开门进来看看他为什么不接电话……

他在盥洗室的镜子里看看自己，他的衣服很干净。现在，他得按部就班地行事。首先，要处理手套。他用办公桌上的剪刀尖挑起手套，用自己的打火机点燃焚烧。站在窗口，他把灰烬吹进了室外的空气里。什么都没剩下，手套不存在了。然后就是那些文件，他用同样方法处理掉了。

有人在门上轻轻敲了一下，他惊吓得难以挪步。他心里快速地盘算着，心跳到了嗓子眼。那只能是博尔德格力斯，来结账了。那人又敲了一下。

"进来！"

原来是艾伯特，大楼的看门人。

"对不起，库图瓦先生，只是来确认一下您是不是还在办公室里。您知道吗，大家都走了？所以，我觉得最好来看看……"

"我正要走呢，艾伯特。"

他伸手拍拍艾伯特的肩。

"工作结束了，艾伯特，我要走了。"

看门人帮他穿上了外套。

"你知道这意味着什么,艾伯特?你有没有同样的感觉?当你做完了工作,你就自由了?"

"噢,我?那就不同了。整个周末,我感觉工作就在我的两条腿上。您懂我的意思吗?而您整天都靠自己的两条腿……"

走到门口,于连想起了什么事。

"你先走吧,艾伯特,我马上就来……"

他回到了自己的办公桌,看到了自己的手枪,正透过抽屉的缝隙,闪烁出光泽。他把枪放进了自己的口袋里。

"您带着枪,库图瓦先生?"看门人大吃一惊。

"什么?"

他一个转身,仿佛是他枪杀博尔德格力斯的事被当场戳穿了。

"嗯,是的……是的,我们准备去乡村度假……不知道什么时候会用到它,如今的世道就是这样。"

他装出一副笑容,伸手在背后摸到了办公桌上的公文包,拿了起来,合上公文包后离开了。

艾伯特表示同意,严肃地点点头。于连放心了,开始高兴地吹起了口哨。

"真快活!"看门人说道,"是星期天带给您的好心情?"

"我想是的。毕竟,我要和世界上最有魅力的女人一起过周末了。"

看门人抬了抬眉毛,拉开了电梯门,但没说什么。每个人都知道库图瓦喜欢追女人。于连猜到他在想什么,微微笑着。他想,这老蠢货永远也猜不到我说的是我的妻子。

电梯门自动关上了。艾伯特用手指按了一楼的按钮,电梯就下降了。

"这些关闭的电梯总让我毛骨悚然,"于连抱怨道,"就像在一个井里。我更喜欢老式的那种,你知道那种老式的网状电梯厢笼吗?你能看到一层楼一层楼地下去,能看到楼梯……而现在,你待在里面会感到窒息。"

"这是现代的设计,库图瓦先生。不管怎么说,很快就到。"

他们停住了。一楼到了,他们走出电梯,进入大厅。

"晚安,库图瓦先生,周末愉快。"

"要去锁门了吗?"

"是的,先生。您是最后一位。我会把门锁着直到星期一。"

"好吧。那么,也祝你周末愉快,艾伯特。"

"谢谢您,先生。"

他举手碰了碰帽檐。于连在大门口深深地吸了一口新鲜空气。生活真是美妙啊!他没有感到丝毫内疚。

他的汽车,一辆红色雷诺,停在人行道上。他上车时,看到艾伯特向他挥舞帽子;艾伯特还记得他拿到的圣诞小费呢。于连挥手回应了一下，然后舒舒服服地坐进了汽车。他在油门上轻踩几下，唤醒汽车，稍稍转动一下点火装置的钥匙，然后一按启动按钮就行了，现在让车子预热一下。

啊，从现在起，他要让热纳维埃夫感到快乐。他从来不会伤害她，决不再伤害她了。他将永远不会放弃她，一起开启新的生活，体验新的爱情。这就是他把她搂在怀里时要对她说的话。他会轻轻地在她耳畔说道："今天我有了太多的理解和感悟。如果今天老天爷以那种方式帮助了我，那是因为老天想要我给你带来幸福。"

他想象自己对一个在大楼周围巡逻的巡警说话。"博尔德格力斯？博尔德格力斯？……我不认为我认识他……嗯，是的，等一下。是那个矮个子，身材肥胖，头发秃顶，看上去不太友善的人吗？假如你问我的话，就是一个长相丑陋的客户。是的，我在楼梯上见到过他几次。嘿，就这类事而已。有人告诉我，说他是个高利贷老板。我想不起谁说的。不，我和他从来没什么生意往来。我想他甚至连我名字都不知道……账户？您在开玩笑，警官，那种人不保留账户……不过，要来查查我的账簿啦、商务约会记录本啦什么的，请尽管随意。您找不到这个博尔德格力斯的一点踪迹。"

于连温柔地朝自己的办公室方向看了一眼，脸色立刻发白了。绳索就悬挂在那里，十分醒目。

天哪，绳索！抓钩！

他站在窗口把灰烬顺着风抖散了，恰在那时，看门人进来了。他记得回到办公桌，然后……然后，艾伯特问起他那把手枪的事。于连吓得不知所措，转过身来，伸手在背后抓住了公文包……他咒骂了一句。

公文包是空的。他记得抓着公文包爬过窗户，但他没有足够的时间去把抓钩也拉下来。热纳维埃夫、丹妮丝以及艾伯特一起让他忘记了这件事。

好吧，让我们别慌乱，没有危险。他机械地踩下了油门，汽车发出了温柔的咕隆声，这让他有了一种懒散的舒适感。顺便说一句……

他的手枪，是的……他从口袋里掏了出来，放进手套箱里。

他镇静地走下了汽车，提着公文包。看门人离开了门厅。你想找他时从来就找不到人。他只得自己动手了。电梯很快，还真不错。

他走进了电梯，按下标着"12"的按钮，电梯平稳地上升了。

此刻，看门人艾伯特到达了地下室的主配电间。他把帽子往后一推，挠了几下头皮，舒服地打了个呵欠。然后，他这天的工作结束了，最后一位租户已经离开了大楼，这个星期总算过去了，于是，他拉下了安全开关，切断了电源。

电梯颠簸了一下，停在十楼和十一楼之间。

夫困电梯 妻疑外遇

电梯停得太突然了，于连发现自己在一片漆黑中躺在电梯厢笼的地板上。他的双膝猛地撞在电梯厢笼的钢壁上，疼得让他几乎喘不过气来。他的公文包不知道掉在什么地方了。

他站了起来，疼得脸部扭曲了。他背靠在电梯厢笼壁上，按摩着腿部。

"艾伯特！"他大叫道。

没有回应。

他用手指摸到了按钮面板，按了触摸到的第一个按钮，然后又按了第二，再按第三个……毫无反应。

他打开打火机,看到了紧急按钮,就按了下去。他竖起耳朵,设法听清远处的铃声。还是毫无反应。

他突然一阵暴怒,猛踢电梯厢笼的金属壁,可膝盖又开始疼起来。他咒骂着,慌张起来,怒吼道:"艾伯特!回答我,该死的!艾伯特!"

打火机熄灭了,于连发现自己被无形的黑夜笼罩着。大楼完全寂静了,时不时地,他能听到从远处传来大街上的声音。

还有人,就在附近。他必须要做的就是走出这个荒谬的铁笼子。他克制住慌乱,抿紧嘴唇,攥起了拳头……

热纳维埃夫一直在走,差不多要奔跑起来了,走了足有十分钟了。她不得不走慢点,因为腰部隐隐作痛。她欣喜若狂,她为自己的未来记忆贴上了这样的标签——"于连回来了",而且她亲自去迎接他会给他带来惊喜……要是她失去了他怎么办?这个想法让她眼泪盈眶。她加快了脚步:"如果他爱我,他的心会给他温暖,他会等我。如果他离开了,我的生命就结束了。"

她的心脏几乎停了一拍:"别离开我,于连!"

她的心……她知道,每当她想起于连,或者费劲做了什么,她的心就会痛。她在一家商店的橱窗前停下了脚步,那是一家体育用品商店。她几乎没注意到有两个青年站在那里,他们身穿最新款的圣日耳曼德佩式样的服装。

他们注视着橱窗里的陈列品，看上去厌倦了一切。那男孩朝热纳维埃夫看了一眼，眼光挑剔：一个真正的家庭妇女……穿着打扮得真恶心……傻乎乎的。

热纳维埃夫走开了。

男孩转向了他的女友："好啦，走吧，特丽萨？"

他跟上使用英文名字的潮流，用英文的读法称呼女孩的名字，但他说不准英文，念成了"斯丽萨"。

特丽萨的头发故意弄得蓬乱，正贴在她的项背上随风拂动。一件高领毛线套衫，显得大了点，套在她瘦削的身上，晃荡着。那个男孩没穿外套，只穿了一件灰色的运动夹克衫，肩部圆滚滚的，纽扣一直扣到脖子上，在他狭窄的臀部形成了上瘦下肥的喇叭状。他的两手一直插在黑裤口袋里，裤子有苏格兰格子衬里，裹住了他的小腿和脚踝。

那女孩回答道："好的，弗莱德，走吧。"

但她两眼依然看着滑雪靴。她头发粗糙，胸部不大，但在厚毛衣下依旧能显出轮廓，下身穿着一条简朴的短裙，显得半是天真，半是挑逗。弗莱德就喜欢她这个样子。他尤其喜欢她那双平跟鞋，那是乐福鞋式样的，使女孩看上去像个脚穿拖鞋、站在壁炉旁的精灵。

她终于离开了。他们一个跟着一个走，没有挽着手臂，也没有拉手。

在书店的橱窗前，弗莱德耸了耸肩，鄙视地说："你能想象吗？还有蠢货在写书。"

"为什么这么说？"特丽萨羞怯地问道，"那样不好吗？"

他捶了一下自己单薄的胸部。

"错误的问题。写书有什么意义？好，这就是你想知道的事：你也想赶紧搞本书出来，你想搞出两本、五本、十本、一百本……可你永远也写不完，对吗？"

她垂下了脑袋，想记住这个教训。弗莱德活跃的眼睛看到了那位女士，他们在体育用品商店前已经见过了，此刻她正在手提包里摸索着，掏出一个小瓶子，往手掌里倒出一粒药丸，然后吞了下去。"你不会知道的，"他想，"一个吸毒者，这就是我对她的估计……"

他们经过热纳维埃夫的时候，她只是在服用"心脏病药"，完全无害，也完全无效。她自言自语地数说了她的医生一大堆话。

不过，她已经感到好多了。

她看到了乌马-斯坦达德大楼。于是，她便朝大楼走去。只消几秒钟，她就到那里了。毕竟，于连就不能稍晚一点吗？当然不是等她。但是，他和她约会时从不赶时间，他的妻子不算什么。

与此同时，弗莱德和特丽萨已经在热纳维埃夫前面转过街角。一支救世军小队堵塞了人行道。有两名妇女，头戴奇怪的制服帽，向下拉到眼睛，在唱圣歌，似乎是受到了某种鼓舞。你能看到她们的嘴唇在蠕动，但你几乎听不到声音。第三个女人，弯下身来，拿着一支巨大的粉笔，正在柏油路上写着有关上帝的什么话。但她写字时提起了裙子，你能看到她的吊袜带。弗莱德咯咯地笑着，用手肘碰了一下特丽萨。

她也看到了这一切，弗莱德的轻浮举动让她感到震惊，但没等张大嘴巴发出惊讶之声，她就已紧紧地闭上了嘴。不过，她的表情变化却没迅速到足以逃避弗莱德那双紧盯着她的眼睛。他向她投去了有点滑稽的一瞥："哦，是的，有些事情是神圣的。嗯哼……你知道，我有时候会想自己是否能把你从资产阶级的泥淖中拉出来。"

他强调了"资产阶级"这个词汇，但没停下脚步。特丽萨也没停下，她更喜欢换个话题。于是，她指指一家咖啡店外墙上的招贴画：一位妇女坐着，金钱源源不断地掉在她的大腿上。"请买张国家彩票吧！"

她问同行的伙伴："那位女士是谁？"

"达娜厄。"他说道，脸上露出一副"谁在乎她"的表情来。

"达娜厄？这是什么意思呢？"

弗莱德盯着招贴画看了一下："色情勾引的新套路。"

他们走过咖啡店。在一辆红色雷诺车前，弗莱德停下了脚步，车门开着，引擎没关。

"好家伙，这小子该有个教训了。把他的车子开走！这车人人有份，先来先得，女士们，先生们，上车！"

他又补充了一句，开了个玩笑："开车兜兜风，怎么样？"

特丽萨喘了口气，但克制住了。她不敢显出胆怯，特别是在她刚受到了那个小教训之后。弗莱德开始盯着她看，她明白这表示什么。假如她说"你敢吗"，那就更糟了。他就会想直截了当地证明给她看，他什么都不怕。

"觉得我不敢？"

"你当然敢，只是……你偷了一辆车，就会偷第二辆……你永远不可能偷所有的车吧。"

他的嘴巴形成了某种愤怒的形状，他窃笑道："别说那么多废话了，你一开口就说得没完没了。上车吧。"

"车主很可能去咖啡店买香烟了……"

他回头看了看，咖啡店的柜台前没人。

"上车！"他再次说。

他没有等待，不想改变想法，钻进了驾驶位。特丽萨顺从地绕到了汽车的另一边……

热纳维埃夫转过了街角。一个中年男子对她以手触帽，表示敬意。她机械地点点头，一开始还没有认出他来。此刻她一眼就看到了五十码外的那辆红色雷诺,立刻便感到了快慰。于连已经在等她了!当然!那个向她致意的男子是看门人艾伯特。她最好得走快点。汽车的排气管里冒出了灰白的烟,她透过汽车后窗,看到了她丈夫的后脑勺:他要开走了。

"于连……"

在街道中间这么叫喊让她颇感窘迫。她开始奔跑。紧接着她的脉搏停止了跳动:一个年轻女孩,穿着奇怪,她以前见过这女孩吗?那女孩走到汽车的另一边,正拉开车门,钻进车子,其动作自然熟练,就像过去经常这么做似的。是的,是那个人,她的裙边下垂,没有缝合,看上去令人难以忍受……

于连移情别恋了!这个真相一下子在她身上爆炸了,撕裂了她。

那不可能是丹妮丝。噢,假如于连驾车送他的秘书回家,她不会介意。那她此刻就不会有这种感觉了。虽说丹妮丝比起一个秘书的样子要漂亮不少,但这个陌生女孩是谁?此人要比她自己小一半年龄呢!

她呆若木鸡,痛苦极了,但复仇的强烈愿望促使她再次行动起来。她会把这小娼妇的眼珠抠出来,她会……那辆雷诺开始移动了,而她还有二十码的距离呢。那车转过第一个街角,消失了。

热纳维埃夫尖叫起来,一位路过的妇女也帮她一起叫喊。人们向她们奔了过来。有人在问她:"出什么事了,夫人?"

她喘着气,咬着嘴唇,面容扭曲:"不……不……我很好,谢谢……

是我的心脏不舒服。但现在已经没事了,好多了,谢谢,没……没什么事了。"

她就站在那里,等着那几位目击者离开。人们有点遗憾地纷纷走散。有人回头看了看她,暗暗地期待会看到她倒在人行道上的景象。

热纳维埃夫克制着自己的愤怒,直到她独自一人。然后,为了发泄怒气,她扑向大楼门前,手指抓着门闩,开始摇动。

而在十楼半的高处,于连撞击着牢笼般的电梯厢笼金属门。他的胸中充满了一股无名怒火,他要不惜任何代价,设法走出这个金属罐似的电梯厢笼,这是个可怕的陷阱。有人也许会看到,他办公室窗外居然堂而皇之地悬挂着绳索。任何人都有可能会发现他和一具尸体一起被锁在大楼里。至于热纳维埃夫,她再过五分钟就会担忧起来了,天知道她会怎么想。

"艾伯特!艾伯特!让我出去,看在上帝的分上!"

他屏息静听,以便听到哪怕是轻微的回答。可什么都没有。可怕的寂静。也许,他不太肯定,也许他听到了,从电梯井底部传来几声沉闷的声响……汽车的轰鸣声……遥远地……遥远地……

一个警察走到热纳维埃夫面前,动作专业地把披风往后一撩,露出了警棍。

"你在干什么,夫人?大门关着,你看不到吗?"

他极力克制住拘捕她的冲动。总是这些衣冠楚楚的分子在制造麻烦。她低下头,胸部起伏着,脸色羞愧,涨得通红。

"你没事吧?"他问道。

"没……没事……"

"那么,你在这里干什么呢?"

"是我的丈夫!"她怒气冲冲地说。

"你丈夫怎么啦?他在里面吗?"

"不,他刚离开……"

"好吧,那么你在此没什么事了吧。走吧,夫人。"

她服从了。她的愤怒只是摆脱让她感到真正痛苦的方式:于连不爱她。现在,她有证据了。

最后,来了一辆出租车。

"瓦雷纳路,32号!"

她还不能哭泣。

沿着塞纳河,那辆红色雷诺在通向马尔利的路上,不断前行着。

窃车情侣 逍遥出游

天上下着蒙蒙细雨。弗莱德沉浸在男孩的白日梦中：他拱起背部向前俯身，双手抱着方向盘，眯着两眼，皱着眉头，看向夜色，他想象自己快要获得赛车世界冠军了。特丽萨坐在她的角落里，满怀好奇心：他们是从叫什么名字的哪个家伙那里偷来的这辆汽车？她抬手打开了车内顶灯，随后一个字母一个字母地大声拼读出了仪表盘上一块铭牌上的字："于连·库图瓦……"

"那是什么玩意儿？"他怒吼道。

"车主的名字。"

"那该死的是什么意思？于连！哈，那是你喜欢的糖果名称。"

她陷入了沉默。和弗莱德交谈很难，因为他更聪明，更有教养。至于弗莱德，他已听够了意大利文蒂米利亚长跑赛似的喋喋不休了。

"于连·库图瓦！不，你知道他是谁啊？一个就像我老爸那样的家伙，你知道吗？一桶猪油，一个极其奸诈狡猾的家伙，满脑袋想钱。这儿是股票，那儿是债券，交易结算纸条满天飞。他需要做的只是鄙视那些只剩下手和脑袋的可怜杂种。哼，我敢打赌他在工作上就是个粗暴无礼地对待雇员的家伙！我老爸就是这样，这家伙真像他该死的双胞胎兄弟。"

他也搞不清自己究竟在攻击老爸还是在攻击这个陌生人。

"他们还给我送来了雨水！真棒，嗯？这次我去乡村逛逛！"

他打开了挡风玻璃刮水器的开关。刮水器毫无动静。车窗玻璃逐渐模糊起来，他看不清了。

"太好了！"他叫道，"我们甚至摇摆起来了！你知道吗？他们居然连这些硬件设备也装不好，你那些该死的资产阶级朋友们。我们可能会断条腿，就因为你的那个乡巴佬太抠门，不愿买个能派用场的刮水器！"

特丽萨的大脑在运转，大概顶灯和刮水器不能同时工作。于是她抬起手臂去关灯。她稚嫩的胸乳被毛衣绷紧了，弗莱德的右手立刻就伸向她的身体。方向盘偏了，汽车也偏离了方向。

"该死！"他咒骂道。

雷诺车歪歪扭扭地从路的一边冲向另一边。特丽萨蜷伏在角落里。弗莱德拼命把车子开直，但却对着女孩发泄自己的恐惧。

"不，太糟糕了。伙计，对我这样太糟糕了。该死的家伙。不，你知道吗？幸亏我知道如何驾驶，否则我们早就亲上路边的树木了。但你不在乎，你会把我们都撞毁了，反正你只会炫耀你的充气袋。"

他用一只颤抖的脚，慢慢地踩下了刹车，浑身冒汗，满心恐惧。车轮发出了刺耳的声音。

热纳维埃夫叫了起来："停车！停车！"

陈旧的出租车在荣军院广场滑行了一段路，拐过瓦雷纳路街角，在路边停住了。司机留着小笤帚似的胡子，似乎是当作过滤器使用的，他很不高兴。

"女士，你要我怎么开车？别那么叫喊！不雅观！你碰到什么麻烦事了？"

热纳维埃夫有点哭笑不得。

"我改变主意了。我……我要你把我送回家。"

"嗯哼，那么你家在哪里？"

"在欧特伊，就在莫利托街……很抱歉，我才意识到我丈夫肯定直接回家了，也许……所以我想，你知道……"

小笤帚式胡子老头在驾驶座上转过头来，瞪眼直视着她。

她颇感尴尬，却又火上加油，说了句："瓦雷纳路是我哥哥的……"

令人不快的沉默落了下来。

"好吧，"司机说，"确定了，对吗？去欧特伊。"

"是的，"她简短地说，"莫利托街。"

她嘴唇紧抿。干这些工作的人，真是……出租车缓慢地向右拐了个弯，速度加快了。热纳维埃夫克制住了傻笑，她很快活。她怎么会那么笨？巴黎有几百辆红色雷诺车呢。没证据，绝对没东西能证明她看到的那辆车是她丈夫的。可怜的家伙肯定在家里等得心焦了。而每当他一个人等待时，他就会喝酒。你知道的，只是因为太无聊了。不幸的是，他的酒量不大。想到这里，她就俯身向前。

"请开快点，谢谢！"

"哎呀！现在你着急了！要是你刚才没把我搞糊涂的话，我们早就到那里了。好吧，这已经开得最快了，时速到38码了，这是出租车，看仔细了。"

热纳维埃夫脱下手套，又戴上了。这小笤帚式胡子在给她上汽车史的课呢。

"这车已经具备了最佳性能。冬天有加热器，这很好，但车身，你知道的，没法承受新的东西了。"

她没在听。"别喝太多，我的宝贝。"她在心里警告于连，"没事，我来了，你会看到……"

等等吧，她会告诉他，她的怀疑，她的怒气。他会轻轻抚摸着她的肩膀和头颈，说道："傻姑娘，你知道你是我唯一的爱……""我知道，"她会说，"但我也不知道着了什么魔……"此外，那个小女孩根本就不是于连喜欢的类型。他喜欢成熟的女性，母性般的女性，就像热纳维埃夫这样的女人。他喜欢被宠坏的感觉，不喜欢承担责任。"我喜欢小女孩的日子已经过去了。"他过去常常这么说，"你知道我已经老了。"

随后，他就会爆发出一阵大笑，甚至没有意识到他在揭人伤疤。

出租车停下了，她付了车费，给了司机丰厚的小费，但不是出于慷慨，而是因为怯懦。她下车时，心里冒出了不确定感。于是，她羞怯地转向司机说："嗯，假如你没别的事，再等五分钟，你不会介意吧？……也许……"

"也许他不在家？我明白了，去吧。"

他如醉酒般地大笑一声，这与他的胡须倒是很匹配。她不喜欢这副样子。当然，不能指望陌生人会理解她，但此人比起大多数人更令人厌恶。她一下子找不到钥匙了，瞬间失去了耐心，于是就按了铃。女仆开门了。

"先生回来多久了？"

"先生？先生？"

"对啊，对啊，是先生！"她大声叫嚷着，冲到起居室。

"噢，不，太太，我根本没有看到他。"

她停下不动了，像是被钉在地板上。

"哦，他来过电话吗？"

"没有，夫人，今天没有电话。"

热纳维埃夫竭尽全力抑制住自己的一阵暴怒。她只剩下哭得死去活来的力气了。

女仆想起了什么事："噢，除了……我忘记了。多尔米安太太来过电话，她想找夫人说说话。"

热纳维埃夫挥手让女仆走开。她慢慢地走向卧室。可她已经害怕起孤单一人了。那出租车……

她奔到外面。

"等一下！"

"啧啧，啧啧，他不在吧？"司机问道，"哦，别着急。瓦雷纳路总有老大哥的。没什么事值得你掉眼泪的，不是大灾大难。这种事最后总能找到解决办法的。"

她真的看错了他，看错了他的胡须和他的一切。这个陌生人比她自己的丈夫更理解她。

在电梯里，于连蜷缩成一团，脑袋后仰，他在设法厘清思绪。他最担心热纳维埃夫，她可能会做出什么疯狂的事来。你永远无法预测一个癔病患者会干什么事。她也许会让全城的人去找他。

他在这里要待多久？

他的大脑艰难地给出了他一直回避的答案。一天两夜，三十六小时。

星期一上午，艾伯特会走进大楼，打开电闸。

在那之前，他只能孤独一人。还不完全如此，除了他之外，还有一具尸体：博尔德格力斯。即使于连能解释清楚那根绳索——该怎么说——他永远也无法让人们相信，他和这个与他单独相处了那么长时间的男人无关。他在电梯里，死者在那个乌七八糟的小房间里。他几乎能听到警方的嘲笑："你觉得我们会相信你一直在电梯里吗？"

他必须得出去，无论如何得出去。绝不能让别人猜忌到电梯的事。绝不允许有人突然冒出一个想法，把他和博尔德格力斯联系在一起。但是，首先他得出去！

狂乱之中，他撞到了门上。门发出了"咔哒"声。于连满怀希望，拼命用手指扒着门边，竭尽全力拉门。慢慢地，随着刺耳的声响，门开始动了。

弗莱德正在咒骂，他按着启动按钮，可这"该死的蹩脚引擎"就是发动不起来。

特丽萨依然为他最后的几句话感到难受，不敢再多说一个字了。可是，在她看来，假如弗莱德还是没法点火发动的话……

"弗莱德……"

"现在你想干什么？"

"那……那……"

她说不出话来，就指了指车钥匙。可让她万分惊讶的是，弗莱德开始大笑起来。

"真想不到，你说对了。你知道，你还没看上去那么笨。"

可他又有意冲淡了他刚才的赞扬："当然，这次是有点怪异。"

汽车顺利地发动了。特丽萨自豪得脸红了，而弗莱德则在回顾往昔有多少天才人物都是心不在焉的——就像他一样。她感受到了鼓励，最终伸手去关闭了车内的顶灯。弗莱德大为赞赏："越来越好了。你有希望了，你在进步。"

特丽萨感到极度喜悦。他们安静地驾驶着，速度不快不慢。她不再感到害怕了。

"嗯，现在你看。这不是很妙吗？你觉得呢？快点，说说话！"

她不太自信，就竖起了一个大拇指："就像你说的那样。"

"是的,好,"弗莱德说,"我来告诉你,这就是我所理解的生活。你有一辆小车,嗯?你什么时候想开就开了,去乡村数数树木玩,嗯?脑袋清醒一下吧……放松点……啊,我们不是生活在一个计划周密的世界里。我说了,我们不是!为了社会的利益,有些人只能拥有最低限度的需求,你要知道……房子啦,仆人啦,钱啦,小车啦……"

她朝伙伴投去了充满钦佩的一瞥:他太聪明了。当然,像他这样的人需要时不时地自我吹嘘一番。

他继续说道:"现在,那是一件小事,可你无法让我老爸明白。你说一句话,他就显出满脸的童年时为贫困所迫的样子:'我是如何坐在挤奶凳上,拼命工作的,屁股都坐疼了。'在他那个时代,听听,那是如何的不同,他一步步地爬上来,永远都想着工作第一,诸如此类的一切。不,你知道什么?对古希腊人来说,那是很了不起的,知道吗?但现在已经是20世纪了,还整天如此。我这样年龄的人,我们已经有了太多的……"

他的手离开方向盘,拍了一下前额。特丽萨紧张得屏住了呼吸,幸好没事。

"我们脑袋里有太多有毒的东西了,就像他们一样,那些乡巴佬。我们没时间可浪费了。我们得马上行动起来:激活、创新、拆掉、重建。我指的是……一切事。"

她有个问题想问问。一个重要的问题,没法再等了。于是,她有点胆怯地说出来了:"你父亲……还钱了吗?"

"还钱?"

"银行?"

"什么银行?"

"我指的是现金。"

"什么现金?"

他不愿正面回答。她只得提醒弗莱德,他被银行解雇了,因为他盗取了银行抽屉里的现金。他的回答是一阵很长的大笑。

"呼,我自己也记不得什么时候笑得这么厉害了!你真该去见见我老爸,他疯得厉害,嘴角上满是泡沫,他就一直这样,像个大猩猩。"

"但不管怎么说,他把钱还掉了吗?"

他侧眼看看她,眼神里充满了怜悯:"可怜的特丽萨!你认为他会怎么做?我让他名誉扫地?不是他。不,我会告诉你原因。我搞了个恶作剧,我知道我在干什么。没有危险,对我来说,从来没有害怕这回事。就像这辆小车,你不想尝试一下?好吧,车子摇晃了还是没摇晃?有什么麻烦吗?如果你有什么要投诉的,让我们来听听吧。畅所欲言吧,姑娘,这是在共和国。如果你不信任我……"

"噢,我信任,弗莱德,我信任你。老实说,我……"

他没让她把话说完。这就顺理成章地向她证明，她不……不可能。因为像他这样的人总是领先于时代；所以，他们除了误解和不信任之外，什么都得不到。但银行里的恶作剧，那可是大师的手笔。为什么这么说呢？

"我会告诉你，特丽萨。生活嘛，亲爱的，就像战争。嗯？有懒汉的服役：步兵。也有绅士的服役：空军。如果你想腾云驾雾，而不是深陷泥淖，那么在他们征召你之前，你就得采取行动，这就对了。"

特丽萨听着，不由得张大了嘴巴。他也自我陶醉了。

"好，告诉我，我有危险吗？根本没有，这就对了。首先，我押注的马本来会轻松跑到终点，对吗？所以，我原本就能把钱放回抽屉了。嗯，第二嘛，马原来就可能睡着了……没想到它真睡着了。接下来又怎样呢？我怕警察了吗，也许吧？一分钟也没怕过。我知道他们会先去敲老爸的门，那是我的家。所以他就付了钱。不管怎样我都会赢，你知道吗？每当你朝你的资产阶级好朋友的屁股踢一脚，他们就会明白处境，你就得了一颗金星。有什么关系，是我想去银行工作吗？那是老爸的主意。所以只能怪他自己，亲爱的。我去银行工作，呸……不管怎么说，我知道自己想干什么。不是作家就是拍电影。要么诺贝尔奖，要么去好莱坞。伙计，我天生就是拍电影的，我要是有一千五百万法郎，你就等着看吧！多吗？一千五百万法郎！我去问他要的时候,老头惊得快要掉了下巴。看起来他是靠四十苏[1]起家的。哦,怎么回事？大家都了解资产阶级家庭。他们扼杀艺术家。"

他感到女孩躲在阴影里眼巴巴地看着他。他心里一暖,几乎要和人类和解了。他态度软了下来。

"不过,他还能说什么呢？"

"他还掉了那些钱,那才是最重要的。"

"那和这事没什么关系！真的,我来告诉你原因。不中用的人,他就这么说我。伙计,那么我就让他尝尝味道。不中用的人,那是他。我要求什么了？也就区区的一千五百万法郎而已。那绝对是制作电影的最低价了。只要有了这点钱,我就不需要任何人的帮忙了。"

他小心翼翼地开着车,眼睛里闪烁着梦幻的神采。

"见鬼,特丽萨,一千五百万。我会得到的……知道我们会拿来干什么吗,特丽萨？"

她心里知道,但她只想听他再说一次,永远如此。

"我们会干什么？"

"我们会在丽思饭店租个公寓房,我们会立即开始做事。"

"我们会结婚吗？"

---

[1] 苏（sou）：昔日法国一种货币单位,相当于1/20法郎,即5生丁。——译注

"那还用说。只不过要是这么做的话……等等，他们究竟是怎么说的？啊，对了，叫'摩尔格纳提'[1]。"

"那是什么意思？"

"保密。每当一个大人物娶了一个无名女子，他们就这么说。"

"为什么？"

想到他们未来的婚姻会如此掉价，她深感受伤。他解释了理由："听着，要是他们知道我已经结婚了，我就完了。要陷入麻烦了。一个大制片人，他就是某种神话，明白吗？所有的姑娘都会围着他转，她们都梦想嫁给他，她们在等待中会带来天使投资人，你要知道，就是那些提供资金的人。"

他觉得已经让她信服了，可他只是更深地伤害了她。她开始哭泣，轻声地哭泣，蜷缩在角落里。

"喔……出什么事了？"

"你会欺骗我的，和所有那些女孩一起！"

这样的洞察力他没有想到，也处理不过来。于是他就对她说了句最糟糕的评语："资产阶级！"

他们抵达了马尔利。

---

[1] 摩尔格纳提（Morganatic）：意为"贵贱通婚的"。——译注

于连一脚抵住电梯厢笼壁，躬起身体，如同一张弓，用劲全力扒着门缝。忽然之间，电梯门猛然被拉开了。

他在黑暗中伸出手臂，摸索着他的自由之路。可他的手触碰到了冰冷光滑的表面。他打开了打火机，微弱的火焰中，他面前只有一堵白墙。

离婚理由 惹怒兄长

热纳维埃夫从女仆身旁奔过去,一下子冲进了餐厅。

"乔治!"她叫道,"发生了一件糟糕的事,于连有外遇了……"

她站住了脚。孩子们目瞪口呆地看着她。她哥哥拿着汤匙的手停在半空。而让娜,她的嫂子,则把椅子往后一推站了起来,餐巾掉在了地上。他们夫妻俩交换了一下眼神。乔治垂下了眼睛,热纳维埃夫感到一阵寒意。

"没必要这么闯进来的。"让娜说道,她的声音不高,但有点颤抖。随后,她转向孩子们:"对姑姑道个晚安。"

热纳维埃夫逐个地吻了吻侄子侄女们,她湿润、迫切的眼神不断地看向乔治，但他却一直低着头。

"去起居室吧。"最后他说了一句，站了起来。

她跟在他身后，浑身颤抖着。让娜转过身去，女仆试图解释："夫人告诉我说……"

"你可以走了。"让娜简短地说了句，"我会带孩子们上床去的。贝尔纳！让-保罗！上床睡觉！"

他们都听话地走了，毫无怨言。空气里似乎有某种强烈的电流。

在起居室里，热纳维埃夫讲完了事情缘由，乔治听着，呼吸平静，却皱起了眉头。

"我看到了她，乔治，你明白吗？看到了她……那个小娼妇，上了那辆车……"

"可怜的热纳维埃夫，"乔治开口说道，但朝餐厅瞥了一眼，叹了口气，清了清喉咙，"然后呢？"

他也不知道该干什么，于是就把烟斗装满烟丝，点燃了。

"然后什么？"热纳维埃夫有点夸张地问道，"于连有外遇了，这就是他干的事！"

他示意她声音轻点，然后说："可怜的吉诺，我本来觉得现在你已经习惯了……"

"乔治！"

那是求救信号,于是他不由自主地回应了,他展开双臂,热纳维埃夫就倒进了他的怀里,抽泣着。他温柔而又闷闷不乐地拍拍她的肩膀,"可怜的孩子,"他说道,"你知道你没法指望他……那是他自己选的路。"

看到妹妹的哭泣,他很伤心。与其说他是哥哥,倒不如说他像个父亲。但是,刚才他不敢放任自己,他不断地用眼角瞄瞄门口,担心他妻子随时会进来。

"他不爱我,乔治!没人爱我。"

"噢,当然,好啦,"他喃喃地说道,"你总是这样。没人爱啦,大家都爱啦!永不!永远。好啦,好啦,你不想夸大一切事吧?"

她抬起了身体,乔治呼出了宽慰的叹息。热纳维埃夫抽泣着说道:"我永远不该嫁给一个比我年轻的人……"

"哦,你已经嫁了……其实于连爱你的,以他自己的方式……你必须得设法去理解……"

"不,不!我永远不该嫁给他的!"

"我记得当时对你提过这一点的。"让娜走进来说道。

他们都没听到她开门,于是一齐转向她。乔治看起来显然有点内疚,他妻子朝他招招手,他便过去和她一起坐在沙发上。她拉着他的手,仿佛是在谈话中给他指引方向。她依然美丽动人,面容几乎没有岁月的痕迹,只是带有些许任性和伤感的意味。热纳维埃夫独自坐在椅子上,面对着他们,看起来就像是被告席上的囚犯。

"这次又怎么啦?"让娜问道,声音冷淡,不带感情。

热纳维埃夫垂下了脑袋。乔治替她做了回答:"她去办公楼见她丈夫,却见到他和一个女孩一起离开了。"

热纳维埃夫目瞪口呆,如此一番概括,也就没什么可说了。一件每天都能遇到的琐碎小事而已,没人在乎她的生活悲剧。

"可这还不是全部!"她叫道,"就在这件事发生前的十分钟,他还在电话里对我情意绵绵,你真不会相信……我以为……"

她泣涕如雨,说不下去了。她嫂子平静地说:"老一套。有些丈夫总是事先甜蜜,另一些是事后甜蜜。"

她冷眼盯着她的丈夫,而乔治则是露出羞愧的笑容。她说道:"那些丈夫喜欢安抚他们的良心……只要时机方便就行。我还知道有些人甚至和情人一分手就给妻子送礼物。"

乔治一下子咬断了烟斗杆,热纳维埃夫透过蒙眬的泪眼看着烟斗碎片。让娜站起身来,从架子上又取了一个烟斗给乔治,然后继续冷冷地说着:"真正有趣的是,礼物的大小与婚外情的时间长短成正比。非常有趣。"

她又坐了下来,怜爱地注视着手指上的一颗大钻石。乔治则专注于重新往烟斗里装烟草,但他无法控制自己。

"胡说八道,让娜。你还想要伤害热纳维埃夫,她今天已经受够了。如果你在谈论我,你他妈的知道得很清楚,我从来没有背叛过你……我没那么多时间!"

让娜完全无动于衷。

"亲爱的,有各种各样背叛的方式。有些男人忙于生意,有些忙于家庭……"

乔治耸了耸肩。太过分了,老是争吵有什么好处?

"哦,热纳维埃夫,"他说道,"你想要我干什么?追踪他,拎着他的衣领把他拖回来,再和他好好谈谈?是吗?"

"我不知道!我来这里就因为你是我在世界上唯一的亲人了!我没法待在家里,等于连闲逛完了再决定回来!"

"如果他回来的话。"让娜平静地说道。

"好吧,你就待在这里,"乔治出主意说道,"你可以时不时地打电话看看他是否到家了。听着,也许他已经在家了,我会查明的。"

他很高兴有机会脱身,就离开了房间。

两个女人都听到他在拨号。让娜敏捷地起身,站到她的小姑子面前。

"听我说,热纳维埃夫。从现在起,我不想再让你把乔治拖进你们的琐碎麻烦里去了。休想,已经够了。你知道你哥是多么疼爱你,所以你就利用这一点。你快要把他烦死了,他不再像过去那样了……"

热纳维埃夫蜷缩在椅子里,非常害怕。让娜的声音在她的耳畔响着,虽然克制,却很冷酷。走廊里,乔治低沉的声音传进来:"没人接听。"

热纳维埃夫坐直了身体,准备奔向他,寻求庇护,但让娜挡在她面前。于是,热纳维埃夫就抬高了声音:"女仆肯定在厨房……"

"再接着打,亲爱的,"让娜说道,"那里肯定有人。"

随后,她又向热纳维埃夫弯下身来,说道:"我们已经受够了麻烦事,乔治和我。你明白吗?你有自己的家,我也有自己的家……但我们至少没……"

她艰难地咽下了一些话。

"……没妒忌你。明白吗?"

她的眼光闪亮,似乎想知道是不是她说得太多了。热纳维埃夫结结巴巴地说道:"我做了什么事,让娜?妒忌我?可我太不幸了……我什么都没了。而你还有钱,还有家,还有孩子们,还有你的丈夫,你爱他,他爱你……"

让娜手捂着前额,哆嗦了一下。随后她快速地说道:"你从来没有吃过苦,从来不工作,就有了一切。乔治和于连从来没让你缺少任何东西。你生活里所做的一切就像喝牛奶一样地汲取,那就是我妒忌的地方。我不得不努力争取最最微不足道的东西,而大多数情况下,我什么都得不到。我已经习惯于预计从别人那里得到最少的东西……而你已经习惯于要求得到最多的东西。"

热纳维埃夫摇了摇头。

"如果你觉得于连生活很容易……"

"是你让他变成这样的。是你,都是你造成的。是你的各种心血来潮,是你的各种伤感事,是你为钱发牢骚,以及你的不负责任。假如不是你的话,于连也许……"

她停下来,坐了下去,又变得平静冷漠了。乔治的脚步声在门厅里回响着,他走进来,神色愉快,却又难以令人信服地说道:"看来还没有回家。但我想他随时会回家的,你说呢?"

他瞄了一眼手表,伸手搂着他妻子,另一只手搂着他妹妹。

"7:30。听着,姑娘们,我们三人为什么不能去看场电影呢?"

让娜勉强挤出了笑容。

"这是个好主意,"她说道,"但你们愿意的话,你们两人去吧,我更想陪孩子们。"

"你不舒服吗?"乔治问道。

"喔……有点头痛,其他没什么。你为什么不梳洗一下,热纳维埃夫,然后和你哥哥一起出去呢?你们在看电影的时候,于连就会回家了,而你也可以让他多等一会儿。"

热纳维埃夫咬着手帕,她的害怕已经消失了,有其他东西取代了。

那就是，沮丧感。她有权得到安慰，可没得到。她含泪欲泣，胸中早已泪水泛滥，令她窒息。她得说点什么，或者做些什么，来击碎他们的冷漠。

"我要离婚！"她尖叫起来。

让娜一下子就站在这两个兄妹之间。她嘘了一声："假的。你只是想要我们为你过分担心罢了，而你根本不在乎自己怎么做。"

但热纳维埃夫没在听。她转向哥哥，他的脸皮总是比较薄点。

"乔治，这次我是认真的。我就是这个意思。我再也不想见到他了。我受到的伤害太多了。"

她两手掩面，泪如泉涌。乔治正要顺从她的意思，但他妻子的眼神让他看到了行事的界限。他明白这眼神的含义：三四天的麻烦而已。他沉重地坐下来。

"好吧，吉诺，你想离婚……可现在才星期六夜晚。到星期一我来负责整个事情吧。"

热纳维埃夫缓缓地抬起了头："你不打算帮我了？"

"不会的,不会的,"他说着，已经失去了耐心,"我当然会帮你,不过，你现在究竟要我做什么？"

她站起身，疲惫虚弱。她带着无限的尊严，走向门口。她哥哥和嫂子跟着她走到门厅。然后，她停下了。她克制着太多的盛怒，想立刻就有个同盟者支持她反对于连，她不能独自满怀憎恨，得有人与她同仇敌忾。

她还有一张牌可打，就甩出来了。

"是的，我要和于连离婚，但不是为了我的缘故，乔治，而是为了你们。我必须得告诉你们，这件事已经压着我的良心太久了……"

乔治叹了口气："于连就像大多数生意人一样……他在压力之下不得不做的事并不……"

"你明白吗？"热纳维埃夫叫道，"你根本还不知道什么事呢！"

她奔向他，一下子抱住了他的头颈，很高兴在他的防御上找到了裂缝。

"你还记得他去年问你借的两百万法郎吗？你还记得他没有及时还给你吗？"

乔治后退了一步，她击中了他的软肋。热纳维埃夫脱下手套，她所有的伤心事都被她扔出了窗外，她嗅到成功的气味。她大笑着，而让娜则无助地定睛看着她。

"你需要钱去买期货，对吗？你来我们家对于连做了解释，对吗？什么货物，我记不得了……反正是在瓦尔帕莱索的一批货吧。"

"是海绵吧？"让娜提示。

他点头确认。

"乔治，他有钱，"热纳维埃夫说道，"不过他对你说身上没有一个苏的钱。而事实是，他在寻找可投资的地方。"

乔治感到天有点黑了，便焦急地打开了壁炉上的灯。

"哦，乔治，你当时告诉过他年度最佳投资项目。他就买走了你要的海绵，用你的钱，但从来没对你说过一个字。你明白了吗？"

乔治脸色发白，胸口一闷，不由自主地伸手捂住心口。让娜向他冲去。

"宝贝，别难过！"

"别管我。"乔治声音嘶哑地说。

"他后来还给你了，用他赚到的部分利润。但这还不是全部，还有保险的事，你知道的，他拿到的货物是由你投保的……"

"他在报关行里有个朋友，为我所有的货清了关……他从报关经纪人那里获得了分成，没有多花我一法郎。"

"可怜的乔治，他真的蒙骗了你。"

"看在上帝的分上，"乔治脱口而出，说道，"我把那些保单都攥在自己的手里，不是一次，而是十次！"

"抱歉，第十一次，他下了狠手。九十万法郎呢。"

"美国的拖拉机？"他轻声问道。

"正是。"她说。

"你在说什么？货物运到后，他为受损货物支付了赔偿！"

"你在说什么，乔治？受损程度只有九万多一点，他可不在乎。"

乔治一屁股坐在椅子上。

"好吧，但是……假如发生了沉船，假如我损失了货物……"

"你就会丧失你的财产！"她尖叫道，"你的钱！他根本就没有为你的宝贝拖拉机买保险……"

乔治的额头上冒出了汗。九十万法郎……他心里开始升腾起一股怒气，犹如春潮般汹涌。他一拳砸在自己的手掌上。

"卑鄙无耻！"他咆哮起来。

他猛地站起来，转动着眼珠。

"天哪！脸皮真厚！就在上星期，他要我再借给他五百万法郎！"

"五百万？"热纳维埃夫惊叫起来。

"是的！就是他！我真是！天哪，他什么都不在乎！"

"他要这笔钱干什么？"

"该死的，我怎么知道？他对我说了些荒唐的事……"他安慰妻子说，"别担心，我连一个苏都没给他。但是，听着，他不会那样就拿着钱跑掉的！该死的，你得相信我，他不会！"

他奔出走廊，出了公寓房间，着了魔似的。热纳维埃夫和让娜在原地站着没动，各有原因。

"现在高兴了?"让娜平静地问道,"你终于让他注意你的话了。"

"可是……他去哪里了?"

"你想要我告诉你什么呢?"

让娜转过身体,她非常疲倦,败下阵来。

"当他这样发脾气的时候,谁也说不准他会干出什么事来。很可能他出去找于连,折断他的脖子。"

忽然之间,热纳维埃夫真的感到害怕了。

"不!"

这次是她冲出了公寓房间,扯开嗓子呼叫她哥哥的名字。

乡村旅馆 情侣度假

借助一把小折刀，于连设法在电梯厢笼的地上撬起了一块油毡。他扯起油毡，两手颤抖着，极不耐烦。每个电梯厢笼里都有一个活门，便于电缆维修。他已经仔细地用指尖摸索过了电梯厢笼顶部，没找到。那就肯定在地上。

他有点运气，那个活门就在脚下。他摸索了一番活门边缘，咧嘴一笑。他找到了拉钩，拉向自己。活门就打开了。一股陈腐的气味冲进了电梯厢笼。

他跪在厢内的地上，俯身下探，一只手支撑着，另一只手伸进了空洞中，寻找连接到主楼层的电缆，可他的手指什么都没触摸到。他变得不顾一切了，躺在厢内的地上，肩膀靠着洞口，伸出一条手臂左右晃动着摸索，可还是不走运。他极力控制着自己，尽其所能，渐渐地，神经放松了。现在，已经没必要感到恐慌了。电缆肯定沿着电梯井壁，可他就是没法从这个位置摸到电缆。

对脱身的渴望，即使冒着生命危险，也促使他重振了精神。他打开了打火机，想看看电梯井筒里的情况。

眼前是一个深不可测的漆黑无底洞，打火机微弱的火苗却照出了更多的阴影，而不是亮光。他喘了一口气，知道自己永远也做不到了，他没有这种体力上的胆量。他往后一倒，全身颤抖着，发出了一声响亮而又无助的苦笑，那笑声回荡在电梯井里。

雷诺车在一个灯光微弱的招牌下停住了：丁香花园。

"适合你吗？"弗莱德问道，"可什么才能适合我呢？"

"哇，在这里过周末，在丁香旅馆。看起来不错。"

透过模糊的挡风玻璃，她看清了铁门的样子，但还不想下去。

"铁门关着。"她说。

"胡说，这些场所全年开放。快点，我们走。"

他打开车门，她碰了碰他的手臂。

"弗莱德！等一下……难道我们不能……回去吗？"

他惊奇地睁大了眼睛。

"好啊,这就是你所能想到的?回去?去哪里?"

"我们可以在我的公寓房里过周末,好吗?"

"你也太善良了,在打工女郎的阁楼里过周末。"

"明天我们可以去看电影。"

"那我们这车子有什么用呢?"

"嗯……在这里你得付多少钱呢?"

"我们就住到明天晚上。别老是为将来的事担心,好吗?"

"弗莱德……求你了。"

弗莱德大笑起来。

"你还真是麻烦。别怕,永远别怕,相信弗莱德。我会把事情都搞定的。"

"比如说?"

"听着,你在找麻烦还是什么?"

"我只是担心,弗莱德。"

这下让他住口了,因为他也担心。但他不愿承认这一点,那样太"资产阶级",让人不舒服。他试图安慰她,也安慰自己。"好吧,听着,我会给老爸打个电话,你知道吗?他就会寄来一张支票,以免出丑。"

这个计划并没有让特丽萨感到欣喜。

"我们会因为这辆偷来的汽车而陷入麻烦的。"她说。

弗莱德没想到这一点。他抬起一条眉毛,陷入了沉思。

"真该死,你说对了。好吧,我们要把整件事安排好。按照常规……"

他四下看了看,注意到后座上有一件仔细折叠好的雨衣,他脸色一亮。"有办法了。你看,重要的是,假如以后有麻烦,没人能辨认出我们。明白我的意思了吗?现在,你把我的夹克衫披在头顶上,因为在下雨,你知道的。我把这家伙的雨衣披上,再戴上他的雨帽,谁认识我?我们避开亮光,对吗?等一下。"

他在手套箱里翻了一下,发现了手枪。他把枪拿出来,挥舞了一下,大笑起来:"假如经理对我们说话不客气……哈哈!"

"弗莱德,看在上帝的分上,放下枪,别碰它!"

"呜,救命啊,救命!"他快活地说了一句,把枪放了回去,"我钦佩你的勇气,亲爱的,真的钦佩。你就开不起玩笑吗?我们走吧……现在怎么办?"

大门"咔嗒"一声打开了。旅馆里,窗帘拉到一旁,店门开着,碎石路上的脚步发出"嘎吱嘎吱"的声响。雨已经停了,空气潮湿,树木上依然缓缓地滴着水。为此,旅馆老板看到两个旅游者包裹得像木乃伊似的,并不感到惊奇。

"你们来对地方了!"他叫道,"暖气已经开了!"

"请把我们的车停到院子里去,我非常感谢。"弗莱德用假嗓子说。

大堂很诱人:有安乐椅、矮脚桌,还有一个高脚办公桌,老板娘是个丰满快乐的女人,她正忙着算账。她对他们咧嘴露出了灿烂的微笑。

"先生,女士,糟糕的天气,我知道,我知道……但是等到明天,你们就会看到……你们会喜欢我们这里的阳光……天气预报说了。"

她停住了。两个住客匆匆穿过大堂,仿佛是有一群猎犬在追逐他们。这可不是个好征兆。她从凳子上半站起身来。

"我能为你们做什么?"

弗莱德用手肘碰了碰特丽萨,她胆怯地说:"请开个房间,过周末。"

他们安全地走到了楼梯下的阴影里,可以稍微放松一下了,看上去也差不多正常了。老板娘又露出笑容,更加灿烂了。

"噢,我想我明白怎么回事了,"她说着,用手指顽皮地晃了晃,"度蜜月,对吗?"

"完全正确。"弗莱德说。

老板出现在门口。

"给他们8号房间吧,玛蒂尔德,那房间已经准备好了……我会把你们的车开进来的,先生。"

他消失在夜色里。他的妻子在办公桌上点起了一盏煤油灯。

"二楼断电了。但我们准备好了一切,对吗?那样更有浪漫情调了,是不是？这种灯光更有色彩，你们不会介意吧？"

"不会，"弗莱德说道，"你说得对，更有浪漫氛围了。"

为了让特丽萨明白，他眨了眨眼，还竖起了大拇指。旅馆老板娘引路上了楼，伸手举着煤油灯。

"如果不想住二楼，你们可以住在一楼，和我们一样。眼下没有那么多住客，还没有到旺季呢。但你们会感到非常舒适温暖……而我丈夫的厨艺，嗯，你们会看到的……他曾经在巴黎的医院里当过主厨。"

她带着他们走在二楼的走廊上。

"我们已经开了暖气，多好啊。好，告诉我，你们吃过晚餐了吗？需要我给你们送点吃的东西吗？"

"好的，茶。"特丽萨说。

"再来点吐司，黄油，还有奶酪。"弗莱德补充了一句。

"还有果酱！"女主人说，"有点奇怪。如今年轻人都注意保持身材，他们把早餐当晚餐吃。我马上会送来的。噢，我们到了。"

她打开了8号房间的门，先走了进去，把煤油灯放在壁炉台上。两个年轻人跟在她身后，背对着光线。房间很宽敞，家具不多，但很有格调。一张很矮很大的床，铺着印花棉布床单，与帘子相配，而帘子适度地遮挡住了脸盆架和坐浴盆。房间里有一个旧的罗马式大抽屉柜，一张桌子，两把椅子，还有一个大大的伏尔泰式单人沙发，有一侧的扶手脱落了。

"好了,怎么样?"女主人满怀热情地问道。

"很好,谢谢夫人。"

"我很高兴。我先离开了,两个小情侣。我去做茶和吐司……我很快会把登记表一起送上来。请你们填写一下,不介意吧?噢,不是为我们填写的,你知道……"

"别麻烦了,"弗莱德说,"你就为我们填写一下吧。"

"那就随你喜欢吧……那是我们工作的一部分,不是吗?任何人都能看出来,你们两人不会伤害一只苍蝇……连一只舌蝇也不会伤害!"她痛快地大笑起来,但没听到回应,便停住了,"但是警方,亲爱的,你们不知道他们是如何工作的……"

弗莱德看着特丽萨,露出半边笑容,不慌不忙地说:"于连·库图瓦先生和太太,巴黎,莫利托街118号。"

女孩又惊又怕,几乎要叫出声来了。幸运的是,玛蒂尔德已经往门外走去了。

"于连·库图瓦先生和太太,好极了。一会儿见!"

她从外面关上房门,就剩下他们两人了。弗莱德扔掉雨衣,两脚跳上了床。

"就这样了!就这么简单!"

他仰面躺下了。

"唔，说说话吧！那是事先准备好的，还是有备而来的？嗯？是还是否，我是个骗子吗？"

特丽萨看着他，有点欣慰，但没感到有趣。她暗想道："真是个宝贝！"然而，他的聪明机智，和他一起经历过的一连串事情，这让她不得不钦佩他。他伸出了手臂："这一整身行头能不能换来一个吻？"

她慢慢地朝他走过去，心里想着她还没有把门闩上：忧心忡忡的打工妹，弗莱德会这么说她。她走近他时，他一把揽住她的腰，把她拉过去，吻向她的嘴唇，犹如饿狼扑食一般。她立刻就全身酥软无力了。男孩的手伸进了她的毛线衫，心急地抚摸起她的身体。她身体后躬，轻轻地呻吟："弗莱德！亲爱的……"

突然，他直身坐起来，把特丽萨扔在床上。窗外，雷诺车的变速器，在酒店老板毫无顾惜的操纵下，正在愤怒地发出磨牙般的声响。

"他要毁掉我的座驾了！"

特丽萨双手拉住他的脖子。他深深地吸了口气，又扑向她的嘴唇。他把她抱在怀里，脸部绷紧，面容改观，变得成熟了。女孩感觉到他的肌肉紧张，睁开眼睛看着他：她最爱此刻的他，男孩成了男人。

楼下，酒店女主人正往一个托盘上放杯子。

"擦干净你的脚，查尔斯。"她丈夫进门时她提醒他，"不然，你会把花园里的泥土带进来的。听着，你在泊车的时候，有没有看看他的证件？"

"嗯哼，"他含糊地说了句，"于连·库图瓦。"他心情不太好。

"好。那是他给我的名字……只是，我们也要谨慎点，嗯？……哦，你怎么啦？"

"我们做得很好了，都依靠我们自己……"

"去别的地方叫嚷吧。这样就能支付我们这个星期的开销了。"

"只要这两个年轻人付我们钱就行。"

"他有辆车，钱就放在某个地方。"

她把热水倒进了茶壶。查尔斯镇静地从托盘上拿起一片吐司，涂起黄油来。

"啊，吐司真是个好东西，你知道吗？把你那些不新鲜的面包处理掉吧……"

玛蒂尔德把托盘拿走了。

"别全部吃掉，你这蠢猪，给他们留点。"

"你急什么？"他朝天花板点点头，"他们除了吃东西，还有其他事要做呢，这些年轻人。"

"你不会动坏脑筋吧？你还知道什么？"

"你点上了煤油灯,就能辨别出阴影了,是吗?"

"不说下去了?原来是这事让你住口的,你这个下流的老东西。哼,别费劲了,她有个年轻小伙了,她不会在半夜里等你的。"

他耸了耸肩,哼了一声,把最后的一口吐司咽了下去。

"不管怎么说,她已经结婚了。"

"别太肯定,"他妻子说道,"我就用你不想给我买的兔皮披肩和你的星期日领带打赌吧,她不是他的妻子。你没看到他们那副不想被人发现的样子吗?"

"那关我什么屁事?"

他伸出手又拿起了一片吐司。她拍了一下,端走了托盘。

"够了,我告诉你。"

她举着托盘,朝楼梯走去。就在她经过他身旁时,他心不在焉地朝她屁股上重重拍了一下。她笑了,平衡了一下托盘:"你这老蠢货!这些年轻人让你有想法啦?"

"弗莱德,弗莱德,你爱我吗?"她的语调有点焦虑。这次,弗莱德没心思摆架子了。他的面容完全放松了,显得单纯,并且令人惊奇的年轻。他看上去就像一个小男孩。他缓缓地点了好几次头。有人敲了敲门。

"我能进来吗?"玛蒂尔德在门外叫道。

特丽萨有点慌乱了。

"请稍等……"

她全身赤裸,跳到床脚,拿起雨衣,把自己围裹起来,而弗莱德则整了整衣服。

"进来吧。"

老板娘走了进来,脸上是一副世界各地的酒店管理学校所教授的表情,仿佛是谨慎的化身。特丽萨非常尴尬,觉得应该解释一下。

"我们就像在自己家里一样……我的衣服都湿透了……"

她突然想起了弗莱德的关照,便转过身,避免被认出来。弗莱德在床上伸手伸脚,头躲在枕头后面。但玛蒂尔德还有别的事要做。她偷偷地瞄了一眼女孩随手扔在房间各处的内衣,把托盘放在桌子上就离开了。在门口,她朝他们会意地眨了眨眼,关上了门,急忙下楼去了。

"查尔斯!我怎么对你说的?"

他猛地吃了一惊,只能说:"该死的,我怎么知道?"

"她不是他的妻子。"

"她告诉你了?"

"没有,但我看到她的内衣了。她穷得像只老鼠。假如你看到那条衬裙……而他,居然有这么一辆车,肯定在哪里有份好工作。无论如何,她甚至连胸罩都没有。"

"所以呢？"查尔斯说，有点困惑。

"所以，结了婚的女人总是戴胸罩的。我绝对肯定，她只是他的女朋友，不是他的妻子。"

弗莱德已经扑向吐司了。

"你爱我吗？"特丽萨又问了。

他看看她，大笑着。她看上去就像一条迷路的小狗，眼神悲伤，纤细的身体裹在湿漉漉的雨衣里。

"事情一件一件地办。先吃东西。"他说。

"我不饿。"

她感到很痛苦，但不敢表现出来，弗莱德和过去一样。她倒了一杯茶，他拿过去，一口就喝干了。随后，他在一片吐司上抹上了奶酪和果酱，张嘴咬了一口，就像一台蒸汽挖掘机似的。

"如果你要我爱你，我得找回我的力量。"他说道，下巴朝床上努了一下。

她微微一笑，有点勉强。一如往昔，她必须得迎合弗莱德的心情。他放下杯子，她就拿起他的手，把嘴唇放了上去。然后，她用脸颊贴上去，温柔地摩挲着。

"你做了不少了，"他说道，颇感自豪，"你不是个冷静的家伙。你是个不折不扣的瘾君子，沸腾起来就像热啤酒的泡沫……"

他想了一下，吃着吐司的嘴停了一下："嗯，这么说吧，那有点道理……热啤酒的泡沫……怎么回事，这么说没吸引你？"

她想加入这场游戏，可她的心不在这上面。他皱起了眉头。

"好吧，出什么事啦？"

"没事，弗莱德，真的。"

"那你为什么要拉长着脸呢？不，你知道什么？我已经为你惹了许多麻烦了。别争了，没错。你觉得所有这些事都是为了我自己？呸！都是为了你。为了你，我偷了一辆车。为了你，我付钱去乡村……"

她喜欢看到他生气。愤怒应该算是一种男性气概，原因只有上帝才知道。她下意识地把雨衣里的手放到腹部，任由思绪自由发散，接着她打断了弗莱德，说道："你觉得我们很快就能结婚吗？"

他正在喝第二杯茶，一下子被呛住。

"你说什么，哪年结婚的问题？我怎么知道呢？"

她开始坚持着，站得离他更近了。

"可你爱我！你说过你想娶我！"

他咬了一大口吐司，给自己时间想想。他不能让世界上唯一认真对待他的人觉得他丢了脸面。特丽萨坐在单人沙发上，跷着腿。她的膝盖从雨衣里露了出来，在阴影里显出柔和的白花花的色彩。弗莱德做出了决定。他开始在房间里大步地走来走去，挥舞着双手，投射到墙上的身影在跳动着。

"真令人厌恶！我贡献了一生，我的一生，去揭露资产阶级的假话，那完全是一堆废话。而你，你想谈论什么？婚姻。除了你自己外，你还能想到其他事情吗？自我中心小姐！"

实际上，他真的不想和她争吵，她看上去太善良了……他耸了耸肩，坐在单人沙发的扶手上，用手轻轻抚摸着她的膝盖。

"不管怎么说，你还在意什么呢？我们就在这里，在一起……"

弗莱德的嗓音变得嘶哑了，他的手摸遍了特丽萨裸露的皮肤。她感到自己在欲望浪潮的冲击下，沉没了，她拼命抵抗着。他感到她身体绷紧了，他滔滔不绝地说了一大堆话，他知道话语对她的影响力，会让她放弃防卫，虽然不一定是这次。此刻，他俯身去吻她的嘴唇，一个吻永远会让特丽萨失去理智，震撼战术，他这么称呼这种手法。但这次她却保持了理智，她往后退缩，不顾一切地再次问他："弗莱德！你会娶我吗？"

"见鬼，会的，"他说道，"就这么定了。"他非常急切。

他试图抓住她，强吻她，消除所有的抵抗。

"即使那是资产阶级的吗？"她坚持问道，依然往后退缩，"弗莱德，对我说实话……你不会丢下我吧？"

这太过分了，弗莱德跳了起来。

"对你说实话？这算什么，威胁我吗？听我说，特丽萨，好好听我说吧。你和我，严格来说，我们互不相欠。"

他啃了一会儿剩下的吐司。

"什么都不是。我的良心是清白的，你的也是。我和你已经度过了愉快的时光，你也是。你说不出有什么不同。所以，大家扯平了，明白吗？账目是平衡的，女士。"

她无法抗拒，她低着头，试图理解他，她胸前的雨衣敞开了。他心软了，拿起她的手，吻了吻手掌，微笑着说道："如果你要知道实话，你就欠我一份情。你知道我的座右铭：

　　说说你喜欢弗莱德哪一点，

　　他在床上真会晃悠。"

他爆发出一阵大笑，把她搂在怀里，在她面前跪了下来。特丽萨没阻止他，也没有接受他。他放弃了，急于消除障碍。

"肯定，你这笨蛋。我会娶你的，即使老爸不高兴也无所谓。"

"答应我，弗莱德。发誓！"

他瞪眼看着她。

"特丽萨，怎么啦？出什么事了？"

然后，她笑了。她很平静，眼珠里闪烁着喜悦的泪光。

"我怀孕了，弗莱迪[1]。"

他惊讶得张大了嘴，两只手臂垂下了。可她却从椅子上滑下来，紧紧地抱住他，两个人都跪坐在地毯上。

"我太虚弱了，弗莱迪……还是如此，如此小资，我估计我永远不会有勇气单独抚养他……"

---

1 弗莱迪（Freddy）是对弗莱德（Fred）的昵称。——译注

警局报案 电梯噩梦

在莫利托街上于连的公寓门廊里,热纳维埃夫正静静地站在那里,样子懒散,就像一艘帆船,没了风,已到了抢风航行的尽头了。她看着自己的哥哥,他满脸通红,还在喘着气。他示意女仆离开,沉重地坐了下来。

"好吧,"他说道,"现在你确定了吧?他不在这里,你已经肯定了。"

她想说是的,可她没法说,她曾那么肯定会有奇迹,但奇迹并没有发生。乔治把目光从她身上移开了。

"根本不值得如此麻烦,是吗?可你却发了疯似的追我,快把我的邻居们都吓死了。你那么肯定此刻他已经回来了。真该死,我为什么会听你的？"

他费劲地站了起来。

"晚安，热纳维埃夫。去睡一会儿吧。"

她在门旁拦住了他。

"你要走了？"

他点点头。

"我要回家去了，去睡觉。在这里我感到不太舒服。"他指指自己的心脏。

"我以为你想……"

"折断他的脖子？噢，是的，我一时发怒了。但我觉得更要照顾好自己的身体，假如你不介意的话。"

他为她感到遗憾，勉强笑了笑。

"好啦，别这样，明天醒来，你会感觉好些……"

他停下了。他妹妹脸色铁青，怒气冲冲。她几乎气得语无伦次："永远不会了！你听到吗？永远不会了！假如他现在出现了……却这么对待我！我永远不会原谅他，永远不会！噢！现在别离开我，乔治，别留下我一个人，求你了，求你了！记住，你答应过的。你答应父亲你会照顾我的……"

"我不会留下你一个人的……"

她抓住了他的胳膊,摇晃着:"你不相信我,是吗?你不相信我!"

"相信,相信,我当然相信你……你要和他离婚。好吧,我们星期一去见我的律师,好吗?"

"不!在他对你干了这些事以后……"

她不说了,冲进了她的房间,拉开她那张帝国牌小办公桌上的所有抽屉,翻出文件扔得到处都是。

乔治跟了进来:"你在找什么?"

"他的账本,真正的账本。在公司里的是假账,用来应付税务人员,应付你,应付所有他骗过的其他朋友。"

乔治站在门口,很着急,皱起了眉头。她递给他三大本账册。

"瞧,看看这些账册吧。"

他草草地翻阅了一下,看起来不太确信。

"如果他是个骗子,为什么还要保留记录?"

她大笑起来。

"啊呀,可怜的乔治,你不知道。那是为了记录他自己干的事,钱的收进和付出太多了,他都搞混淆了,他甚至记不起问谁借钱是安全可靠的!他曾经在夜晚给我读这些账目,逗我发笑!"

乔治拉下了脸,她补充了一句:

"哦,不是笑话你。真的不是。我们从来没有笑话过你,我不允许这么做。"

随后，她投入了他的怀抱。

"你知道我多么爱你，对吗？乔治，我多么需要你！别把我扔给那个骗子，求你了！总有一天，他会杀了我的。我知道他会的……"

"好了，好了，别失去理智，吉诺。"他缓缓地抚摸着她的头发。他既需要保持镇静，又需要提供帮助，左右为难。热纳维埃夫让他担忧，他可从来没见过她这副模样，想要毁掉一切。他知道事后她会后悔的。

"好了，听着。夜里仔细考虑一下，再做决定，这样比较明智。星期一，我们做个了断。无论如何，在星期一之前，我们什么都做不了。如果你依然很确定，我们可以开始诉讼程序……现在，把这些东西放一边去。"他递过账册，但她没接，"放一边去吧，他甚至都不知道我已经看过了。"

热纳维埃夫迫使自己用平稳镇静的语气说话："你觉得我又神经紧张了？你大错特错了。瞧，我知道我在做什么，我也知道我为什么要这么做。我不会改变决定的。我要你拿走他的这些账册，放到你的保险箱里去。"

"为什么？"

"证据，打离婚官司用。"

他触摸一下她的脸颊。

"恐怕不行。和一个骗子结婚不是离婚的理由,至少在法国不是。你得当场抓住他,比如在他实施通奸的时候,还需要有个目击证人。"

"好吧,我们会当场抓住他的。"

"在哪里?"

她想了一会儿,咬咬手指。

"他肯定在蒙马特区,我们去那里。"

乔治抬起了手。

"我们没法当场抓住他,只有警察能。"

"我有个主意。假如我报警说,我丈夫失踪了呢?"

乔治疲惫地在床边坐下了,他抓住热纳维埃夫的手腕,把她拉过来。

"你真的想要离婚?"

"真的,乔治。"

"想想,吉诺,想明白了。因为如果你是真的想离婚,我来处理这件事。直到现在,我总是忍受于连,甚至帮他的忙,因为我希望你幸福。如果你老实告诉我说,你和他完了,我就把他踢出你的生活。"

"完了,乔治。我要你去毁掉他,我要你把他送进监狱。"

"说得很对,"他说着,站起了身,"来吧。"

她开始忧虑了。

"去哪里?"

"你的主意很好,你就报警说你丈夫失踪了。警方会寻找他,如果他们发现他和某个女孩在一起,警方的证词也许比当场抓获更有力。把车牌号码告诉他们,那就很容易确定他的方位。"

"那么,这些呢?"她说着,指指账册。

"我会在星期一上午对他提起诉讼。"

"乔治,你心肠太好了,你为他感到遗憾,可他不值得。"

"也许吧。但即使我以后会为他感到遗憾,一旦我下了决心,我不会住手,直到他离开你,无论你那时是否愿意这么做。你现在还可以叫停,什么都没做呢。"

他试图看看她的眼神,可她转头避开了。

"我们要放下这件事吗?"他问道。

这次,她看着他,泪水盈眶,还有困惑,他看到了,心里局促不安。

"我们明天再谈吧!"

"那么今夜你会干什么?"

"我告诉过你,回家去睡觉。"

"那么,我呢?"

"上帝啊!我怎么知道?"

两人都沉默了……

"不,乔治,我们不能放下这件事。别离开我!"

他把账册往大衣口袋里一插,率先走出去了。

"我们现在去警察局。你去告诉警察,你丈夫今晚没回来。你要谨慎点,告诉警察你们在电话里的约定,但是别说,绝对别说看到他们乘车离开。"

"好,乔治。"

他们手拉着手离开了,就像以前一样,那时她总是走在她哥哥的身旁。

一个虚弱的人也有其长处:倔强地做凭意志力才能干的事。于连最终决定尝试一下。他要顺着缆绳,两手交替往下爬。这不会是今天第一次尝试。他记得在学校时,他的体育很好。老师曾让他们做攀绳运动,而于连领先全班。

脱下衣服后,他小心翼翼地背对着脚下豁开的洞口,深深地吸了口气,跪坐下来,两腿在洞里晃荡着,然后让自己滑下去半个身体。

现在,他感觉下面是个漆黑的空洞,一阵眩晕猛然向他袭来,他不得不靠手肘悬吊着身体,直到眩晕消失。

电梯井不会比电梯厢笼宽多少,应该很容易就能触摸到井壁。他向后伸出了脚,去碰触井壁。不,太远了。他咬着嘴唇,不得不让自己再下去点。幸运的是,他仍然觉得身体状态良好。慢慢地,他的胸部、他的头部通过了黑暗的洞口。

现在,他靠两手悬吊着,手指紧紧抓住洞口平滑的边缘部分,几乎因恐惧而失去知觉。一切似乎结束了:他的手指抓不住了,经过无穷无尽的下坠,他"砰"的一声掉到了井底……噩梦渐渐褪去,他惊奇地发现自己还在那里,靠十根疼痛的手指悬吊着,害怕得大口喘气,但依然活着。他不得不抑制住心脏的剧烈跳动。他想到了将要和热纳维埃夫一起度过的平静幸福的生活。他没去想博尔德格力斯,只想到自由……只想到脱离这个机械监狱。

全身的肌肉都在颤抖。他尝试着变换一下手指的抓握。很好,他的身体机能运转得很好。他笔直朝前伸腿踢了一下……他的脚重重地踢到了井壁,差点让他的手抓不住上面了。宽慰克制住了恐惧。这办法奏效了!他要做的就是用脚去刮擦四周的井壁,直到他找出电缆为止。

第一次尝试失败了。井壁的各个角落都很光滑。他把自己拉了上去,依靠手肘支撑喘了口气,随后身体转动了四分之一的角度,面向右手边的井壁,再次进入黑暗里。

不久,他的喉咙里忍不住发出了激烈的尖叫,他的脚尖碰到了什么东西,那东西移动了一下。他就像杂技演员荡秋千似的,荡了一下。是的,是的……那里有电缆,他几乎碰到了。此刻,眼泪从他的脸上流下来,但他没有注意。他的手指开始变得发白,承受着他的全部体重。

他慢慢地伸出了左腿，心脏狂跳。有什么东西摩擦着脚踝，终于找到电缆了。他转动着脚，勾住了电缆，慢慢地把脚板伸进去。他猛地一拉脚，扭动了一下身体，电缆就绕在他大腿上了。现在，就没别的事了，让他自己的手去抓住电缆就行。

他忘记自己的手了……左手毫无征兆地松开了。他一下子似乎没了呼吸，在黑暗中闭上眼睛。电缆滑掉了。

现在只有一只手悬吊着他，他情不自禁地大叫热纳维埃夫帮忙，几乎是在恳求她了："我这是为你做的！"他不敢呼吸，没有意识到那只手自己向上移动了，在他的肩膀之上摸索着，找到了洞口的边缘处，又抓了上去。此刻，他意识到，自己安全了。他没动，也没法动。他的呼吸恢复了，又短又急。急促的呼吸声在他这个恐怖的小世界井壁上回响着。

他的大脑麻木了，不知怎的，他设法又把自己的身体拉了上去。当膝盖接触到电梯厢笼的地板时，他耗尽了最后的力气，瘫软了，喘着气，半是昏晕，一切都完了。

这个警察局看上去和巴黎的其他警察局一样，沉闷枯燥。那里只有宣传画，当然还有人。坐在办公桌后的警局办事员睡眼惺忪，边打着呵欠，边记录下了报案经过。热纳维埃夫全身发抖，乔治只得帮忙扶着她。

"Courois[1],结尾是's'还是'y'？"警局办事员揉揉眼睛问道。

"o-i-s。"乔治厉声说道。

"他什么时候给你打电话的？"

"什么？"

热纳维埃夫状态欠佳，乔治咬着嘴唇。

"于连是什么时候给你打电话的？"他问道。

"他……他没给我打电话。"

办事员似乎清醒了，用眼角看着她。乔治摇了摇头，耐心地对她说："瞧，你告诉我说，你对他说……"

"是的，是我给他打的电话。"

办事员的目光又回到报案纸上。

"在6:30。"乔治说道。

"自那以后你再也没有见到过他？"

乔治等待热纳维埃夫的回答，但她没有出声。法律之手让她感到害怕。乔治再次替她做了回答。

"没有，先生。哪里也找不到他，不在家，不在办公室……哪里也

---

1 Courtois：库图瓦的法文拼音，于连的姓，全名是：于连·库图瓦。——译注

没见到。"

"肯定在什么地方。"办事员合情合理地说。

"你什么时候可以告诉我们……"

"噢,只要几分钟,有时打电话问医院,太平间。运气问题。"

热纳维埃夫开始轻轻地哭泣。

"如果你致电我家的话,先生,我将非常感激。我妹妹会和我们在一起……我不能留下她一人在家。"

"你的地址?"办事员叹了口气。他实在太困了,都快从椅子上掉下来了。

于连准备好再次尝试。但他不知道,哪处的井壁是对的。在黑暗中,他丧失了方向感。好吧,他不得不多下去几次,他的脸上已经汗如雨下了。

通过洞口,靠手肘支撑,用手抓住洞口边缘,又恢复到杂技演员的状态。

第二次尝试后,他又勾住了电缆,再用手拉住。他弯曲着腿,把电缆固定到身边。他颤抖起来,最好再休息一下。

他快速策划了一下。可以两手交替顺着电缆下去,直到地下室,打开电闸。把抓钩拿下来,放进自己的公文包里。别忘了把电梯厢笼里清洁干净，不留痕迹，在离开前把电闸关掉。那么，回到家里该怎么对热纳维埃夫说呢？

车到山前必有路。

他紧紧地攥住了电缆，呼吸也正常了。他两手交替，以相同的节奏攥着电缆向下爬。如此再三反复，再三反复，现在，他陶醉于人掌控事物的能力，肌肉和心智配合的默契。他很自豪，什么都不后悔。

突然，他裹绕着电缆的腿碰到了什么东西。他曾看到过这景象无数次，但从未记住过。现在想起来了，那就是电梯底部的电缆到此处又弯曲向上了，因为底层到了，每个人都得出电梯。

那么，是接近底部了吗？

但是，他本来是在多高的楼层？他没有费心去估计自己下来多长的距离了。他可能是在八楼，也可能在一楼。如果他掉下去呢？

他脑子里已经想不明白了。他只想离开，这比生命本身还重要。电缆伸展开来，肯定至少有十二层楼的高度那么长。那么，电缆的这个弯曲处大约在六楼……

如果他承认这一点，他不得不放弃逃离的念头。更容易的是……放弃生命。他让自己确信，离电梯井底只有几英尺了。他把电缆在手臂上缠绕了几圈。然后，他再一次悬吊下去，他的两腿抵住井壁下降，设法用脚碰触到坚实的地面，可什么都没碰到……什么都没有。

可能在那里，只有几英寸的距离吧！上帝啊，太残忍了！他突然狂怒起来。假如他跳下去，让他们看看呢？但谁是"他们"？然后他看着自己，非常分明，在空空如也的空间里转动着身体，像个陀螺，结果……什么时候？

他费尽周折，又让自己坐在电缆的弯曲部分上。肚子在颤动，他打了个嗝。噢，好吧，他至少还能用手再次攀爬上去，冒着危险，抵上他悲惨的生命。

热纳维埃夫已经丧失了勇气，流干了眼泪。她有点害怕乔治，害怕他皱着眉头的脸，害怕他严厉坚定的眼神。走出警察局后，他拉住了她的手臂。

"我们走吧。我们浪费的时间已经够多了。"

"现在我们去哪里？"

"你会知道的。"

他匆忙把她塞进汽车，发动了引擎。乔治紧张不安地在夜幕下行驶着。他不想让热纳维埃夫有这样的经历，但有时候你不得不切割清楚，任何外科医生都会这么告诉你。他也不敢看她，担心她会在他的眼神里获得鼓励，而他能感觉到她很快就会改变主意了。上帝啊，这寂静的氛围真是令人难以忍受。

"你和我们在一起，直到整件事完结。"

"好的，乔治。"

他一只手松开方向盘，拍了拍她的手。

"听着，以后警方可能会过来，问你问题，别搞错了。你还记得你刚才提供的信息吗？"

"记得。"

"很容易，你什么都不知道。你一直等到十点钟，你报警说他失踪只是因为你担心他会发生交通事故。现在记住，无论如何，我会帮你的。"

"好的，乔治。"

只要她不是形单影只，其他的事都无所谓了。

"你瞧，"乔治解释说，"那会使离婚变得容易点，你什么都不知道。你从来没有怀疑过他会背叛你，你是个可怜又容易相信别人的妻子。"

"我知道了，乔治，只是……"

他猛拉了一下方向盘。

"没有'只是'！你不能改变主意，好吗？如果你改变主意，我向你保证，我就再也不管你了。"

"不是的。"

"那么，是什么？"

"我在想……假如真的发生了交通事故呢？"

"假如真的发生了，警察刚才就会当场告诉你的。"

一辆摩托车从孔多塞街冲出来，汽车急拐了一下，避开了它。在马蒂厄斯街有个陡峭的爬坡，乔治就换到了第二挡。

"蠢货，"他嘀咕着，"真该撞了他，让他尝尝苦头。"

"乔治，为什么我们去蒙马特区？"

他叹了口气。对他来说，整个事情变得有点太复杂了。

"如果我能发现他，让警察去抓他，我们就领先了一步……你不会退缩了吧？"

"不会，不会。"她若有所思地说。

在梅德拉诺，他们的车在林荫大道上向左拐。热纳维埃夫说："你不认为他也许会……"

"噢，看在上帝的分上，别开始那种想法！你有机会放下这件事，现在已经太晚了。就让我做我的事吧。"

皮加勒广场挤满了汽车和行人。乔治把车停在一家药店前，两人分别从汽车两侧下车。热纳维埃夫匆忙地从车里出来，露出一截大腿。不知从哪里冒出了一群美国大兵，大声喧哗地对她表示赞赏，开始围着她转。乔治就上前拉着她的手，带她离开了。

他们穿过人群时费了点劲，尤其是每次乔治以为辨认出某个人有点像于连的侧影时，他就会追过去看看。

在一家夜总会的门口，有一群人聚集在那里，瞪眼看着在明亮灯光照耀下，那些真人大小的彩色美女肖像。乔治和热纳维埃夫只得从车行道上走过去。一个男子向他们走来，嘴里嘀咕着什么，他俩都没听清楚。乔治没看他，而热纳维埃夫以为他是个乞丐，便打开了她的包。那男子也误会了，他以为她同意买他的东西了。为了让她看清，他突然展示了攥在手掌里的东西。她无意识地凑上去看了看，一张照片。她几乎要呕吐了。

"乔治！"她尖叫了一声。

小贩一下子消失了。乔治转过身来，一把抓住了她的手。

"一分钟都不能放开你。发生什么事了？"

"那里……那个男人……"

"是于连！"

"不，不是……他想……哎呀！"

乔治实在受够了，叫了一辆出租车。

"我再也不能带你一起去任何地方了。来吧，回家去。告诉让娜，你就睡客房。如果发生了什么事，我会回来告诉你，别担心。"

她不想离开，但他硬把她塞进出租车里，对司机说："瓦雷纳路。快！"

等到于连爬进了电梯厢笼，他两手火辣辣的，出血了。他一爬进去就瘫在电梯厢笼地板上。一时间,他失去了意识。后来慢慢地醒过来,翻了个身,仰面躺着。此时此刻,他需要一支香烟。

顷刻之间,想抽烟的念头充斥着他的脑袋。他外套口袋里有香烟。他把外衣在地上摊开,两手摸索了一下。一整盒香烟!他取了出来,他真想开个玩笑呢,就像战时的那些日子,是吗?这是他熬到星期一早晨的定量了。

黑暗中,白色的烟盒显得很不起眼。他摸索着,想撕开烟盒,却掉了下来。烟盒跳了一下,于连想抓住它,没抓到。结果,他的手碰到了烟盒,它却滑向了打开的活门边缘。他勉强看清楚了,可下一秒,烟盒倾倒,就此消失了。

他蹲在洞口边,目瞪口呆。他屏住呼吸,寂静,一片寂静,随后听到了从遥远的地下,传来了一个微弱得难以察觉的声音,烟盒掉到电梯井底了。

然后,也只是在那时,他号啕大哭起来,拳头捶着电梯厢笼地板,发疯似的咆哮着……

弗莱德和特丽萨手拉手睡了。睡梦中,他们的面容呈现出天使般的模样。

哄妻回国 惊见手枪

一辆崭新的捷豹车，沿着凡尔赛的公路快速行驶，车后拖着一个白色的旅行大拖车。佩德罗·卡拉西手掌方向盘，一只眼紧盯着路面，另一只眼通过后视镜看着他的妻子，她坚持要坐在后排，所以他有点担心，但他说话时声音很快乐："是不是很有趣，宝贝？每次我超过某个骑自行车的人，也有人会开车超过我。"

她没有回答。

"一切都没问题吧，杰曼？闻闻这新鲜的空气，我们要去度假了！"

他的妻子纹丝不动，脸色冷漠严峻。佩德罗从后视镜里看看她，最终移开了目光，打了个寒战。

一时间,他们在一片沉默中行驶着。他暗自猜测:"难道她猜到什么了吗?"

他用两手握着方向盘,舔了舔嘴唇,又试图找话说了:"嗯,来吧,你喜欢度假,是吗?"

没有回应。后视镜里只看到指责的目光,充满憎恨的眼神紧盯着他。这让人难以忍受。他咬紧牙关,咽了一口唾沫。然而,他没法只是坐在那里。

"Anda, Muchacha(来吧,女孩),"他说道,"露出点笑容吧,好吗?"

在往日,他的外国口音总是引得杰曼大笑不止,但今天却没有奏效。他讨厌扮小丑,尤其是现在,太怪诞了。但他还得再试一次。他温和地挑逗她说:"好吧,杰曼,我觉得你想坐在后排,这样就可以打会儿瞌睡。但如果你想要像某个领地的夫人那样,你还是不妨坐前排,陪陪你可怜的丈夫吧。"

他很难保持轻松。他从来就不擅长撒谎;一句话接着一句话,甚至还没说完,就先把自己给绊倒了。杰曼看着他的那模样就说明,她肯定知道发生了什么事。他沉浸在内疚之中。绝望,深感绝望啊!只有一件事他真的想做。停下汽车,拥抱妻子,再次抱抱她那柔和温暖的身体,因为很快他就不得不放手了。他摇了摇头。他不能再放纵自己了，无论花费什么代价都无所谓，杰曼必须得去格拉斯，去她的家，而不用怀疑接下来会发生什么事。

"明天中午，你就会见到你的家人了，那不是很好吗？"

他缓缓地踩下了刹车，不能一下子停车，因为有几吨重的旅行拖车在后面滑动呢。

"来前面坐吧，杰曼，亲爱的，那样我们可以更好地谈谈了。"

他的计划对旅行拖车有用，可对他妻子无用。她紧紧抿着嘴唇。他似乎没有注意到这个状况，关闭了点火开关，下了车，故意向她敬了个礼。

"请夫人随我来……"

杰曼坐着不动，他就没法再装作什么事都没有发生那样了。

"宝贝，无论如何，来吧！我们期待这次旅行那么久了。就在昨天，我们买下这辆车和旅行拖车时，你还那么高兴。你已经有好几年没见你家人了。所以，我们开了那么长的路过来，出什么问题了？你能告诉我吗？"

他进了车子，坐在她身旁，握住她的手，杰曼却想挣脱。

"杰曼！你为什么生气了？我做错了什么？"

突然，她转向他，张开了嘴，却没说一个字。她的指甲抠进了他的手掌心，她的泪水盈眶。

"告诉我，宝贝，怎么啦？"

她扑向他,哭泣着。她的嘴对着他的嘴,他就闭上了眼睛,想吻她。可这是个错误的举动。

"你受不了我,"她说道,"我知道。我……讨厌你。"

他用手捧着她的脸。

"你怎么能……你怎么竟敢这么想呢,杰曼?我会为你而放弃整个世界,你也知道的。你,你讨厌我?亲爱的……"

慢慢地,他让她镇静下来,她的头靠在他的肩膀上。他温柔地抚摸着她的颈部。她向前弯下了头颈,让他的手指抚摸得更多。但是,几个月来,自从他知道了那件事,他就无法这么做了,抚摸她,拥抱她,是的。但是……

"佩德罗,"她喃喃地说道,"别让我这么痛苦。"

"可这是你让自己痛苦的,杰曼。我没说什么话,也没做什么事……"

"那你为什么不吻我?"她说道,目光闪烁。

他笑了。

"为什么你一整天心情不好?"

他立刻又希望自己没这么问。杰曼的瞳孔收缩,嘴角显出了两条皱纹,她开始发抖了。

"杰曼!"他大叫。

他用手把她完全抱住,尽全力去遏制她的颤抖。

从远处，透过打开的车门看去，一切似乎变得不同了。仿佛他想强吻她。

"快点！别看了，这不好。"特丽萨说着，用手把弗莱德推开。

"它们弄痛了我，这些蹩脚货，"弗莱德说道，"一个女孩说不，就是不，仅此而已。我强奸你了吗？"

"没有，来吧。"

他勉强地跟随着她，又有了另一个想法："那是肯定的，你不知道吗？那是个巴西佬。"

"你怎么能区分？"特丽萨说道，"那是旅游车牌，他们可能是……"

"我是夏洛克·福尔摩斯，你可不是。看到挡泥板上的小旗子了吗？巴西佬。"

他依然很生气，整个早晨都是如此。他走在前面，她跟在后面。她理解他的感受。只是，现在她必须得弄清楚她情人的计划是什么，假如有的话。弗莱德生气地做了个快点的手势，等着她。她走上去靠着他的胳膊。

"我们要干什么，弗莱德？"

"不，你知道的。"他突然说，完全避开了那事，"这个国家每况愈下，这就是我们美丽的法兰西。现在，一切都为了该死的外国佬。他们究竟想在这里干什么，这些该死的混血儿？"

"别为这事生气了,弗莱德。"

他让自己慢慢平静下来。

"你说得对,这不能改变该死的现状。"

一阵情感上的剧痛使得他搂住了特丽萨。

他温柔地吻了吻她的脖子。当他如此温柔时,当他让她觉得小男孩试图成长得更快时,她就无法区分这究竟是她对他的感情呢,还是她对肚子里怀着的孩子的感情。

"你是我的所有,"他轻声地说,"只有你,特丽萨……"

不完全如此。昨夜他一直想回避的想法又冒了出来,让他整个内心充满了某种恐惧,比他所知的恐惧更为强烈。

"一个小孩!"他叫了起来,对着微笑的天空摇晃着拳头,"一个小孩!我的天哪!我该拿小孩子怎么办?"

她抓住了他的衣袖,拉着他转身面对她。

"那么我呢?"

这让他停顿了,他勉强挤出了笑容,抱住她。

"你和我是一样的,你知道吗?噢,兄弟,多大的轰动性事件!老爸会把我像赶老鼠一样赶出门,你会看到的!"

"不会的,弗莱德。"

"不会的?怎么不会?"

"他从来不会把你赶出去,他只是不对我开门罢了。无论发生了什么,你总会有个栖身之地,还有一日三餐的热饭热菜……"

弗莱德揽着她的肩膀。

"噢,肯定。那就是弗莱德,是吗?坐在壁炉前烤着脚,而他的妻子和孩子在雪地里冻着屁股。每个人都对这个恶棍嗤之以鼻。你就是这么看我的?"

"不,弗莱德。我只是想听你说说。"

她踮起脚尖,吻了他一下。然后,他们又开始走了。

"你去哪里取钱?"特丽萨问道。

他握紧了拳头。

"钱!总是钱!散发着铜臭味的钱。假使我有点钱的话,我就能给你表演让你的头发都会卷起来的把戏了!"

"弗莱德……你没钱吧,我们得设法搞点钱。"

"我怎么会有钱?都在那里,你看看,那里!"

他指着旅行拖车,停泊在他们身后很远处。

"他们需要钱吗?没有足够的钱可分了,孩子,混血儿获得了一切。捷豹车和百万法郎的旅行拖车,姑娘们跳上了后座,都是花了比索[1]的,

---

1 比索(peso):许多拉美国家的货币名称,西班牙旧时银币。——译注

亲爱的……哎呀，宝贝，假如我也有点钱，知道我们会干什么吗？"

她叹息着，听任他搂着她的腰往前走，她从来也没法让弗莱德停留在原地。他大声说出了自己的梦想："我们就去南方，我们的确可以。去蔚蓝海岸，就你和我。我们会写电影剧本。然后我们赶紧去巴黎，拍摄室内的故事片。听着，你有什么意见，我们会给你一个角色，嗯？让我想想，你能扮演什么……"

"母亲？"她提示。

"我们回去吧！"话说一半，他就一口否决了，"我从来也没法和你认真谈话。"

他们转身，沿着来路，沉默地回去了。阳光很温暖。

佩德罗轻声温柔地和他妻子说着话，慢慢地哄着她。

"……我们结婚那会儿，你还记得吗？我不是答应总有一天会带你回法国的吗？我带你去那么远的地方，你那时感到遗憾吗？现在你明白了吗？就这么发生了，我们就在这里，就在你自己的国家。很快就会见到你的家人了。大家都在等你呢，就在那里。大家都会对你大惊小怪的，浪女回来了，对吗？"

滔滔不绝的话语让她感到昏昏欲睡。他就让她在座椅上坐得舒服一点，随后用双手遮住自己的脸，转过身去，不让她看到他在哭泣。

"佩德罗。"她叫道。

他擦了擦眼睛,然后转回身。

"嗯,宝贝。"

"我肯定把包落在旅行拖车里,和行李放在一起了。你去找出来给我,好吗?"

她微笑了一下,佩德罗看着,觉得她真可爱。

"没问题,马上。"

他敏捷地钻出汽车,又钻进了旅行拖车。车里有她的行李,但她的包不在。他走到汽车前窗,正要敲敲窗子,打手势问她包放哪里了,此刻,他的喉咙干涩了。他能看到车后座上,杰曼正偷偷地从她藏包的地方,把包拉了出来。她打开包,取出一支小巧的左轮手枪,检查了一下弹膛。

他的前额冒出了汗。她肯定觉察到他在看,就关上了包,转过身来。佩德罗设法透过车窗玻璃笑笑。杰曼让他看了看包,用嘴唇说出"对不起"的口型。他耸了耸肩,回复"没关系",举起一个饮料瓶,她点了点头。

他就转身离开,走进旅行拖车里,一下子跌坐在简易床上,两手遮住脸坐着。他该怎么办?他又能怎么办?他已经自问了一百次了。

听到妻子的脚步声,他抬起头,站了起来,开始忙碌。

"你在干什么,佩德罗?"

"外面环境真好,宝贝,我想我们可以把桌子和椅子搬下来,在外面喝喝饮料。"

弗莱德扯了一下特丽萨的胳膊。

"照这个速度,我们永远也到不了旅馆!我告诉过你,我们应该开车去的。但是你非要步行。你害怕……"

害怕。不知怎的,每当他说到这个词的时候,他就眨眨眼。他下了命令:"你先进去。如果他们认出了你,那还不太糟糕。但是我,你知道的……无论如何,你负责看看大堂里有没有人,然后给我打个手势,好吗?告诉他们,我们在房间里吃饭,对吗?"

警官来访 开始调查

他看上去十分厌倦,疲惫不堪,状态糟糕。他在门口晃了一下警官证。

"吉夫拉尔督察。了解有关失踪者的情况。"

女仆吓坏了,她冲进起居室。

"先生!哦,先生,警察来了!"

乔治对让娜和热纳维埃夫说:"终于来了。所以,你就可以在法国讨回公道了。"

热纳维埃夫看上去仿佛挨了一拳。让娜厉声对她说道:"别这样了。我知道这不容易,但你真的想离婚,是吗?嗯?"

热纳维埃夫颤抖着。

"警察……太可怕了……"

"只是个必须经历的糟糕时刻罢了。"乔治说。

"快点，吉诺，把事办完吧。"

他轻轻地把她往门口一推。她说："你也必须陪我去，乔治……"

"等一下，现在别担心。"

在门厅里，那位督察已经坐下了，正扭动着鞋子里的脚，痛苦得面容有点变形，显然是脚扭伤了。热纳维埃夫走进来时，他似乎要起身，但随即又沉重地坐下了。

"很抱歉在星期天来打扰您，夫人。您是热纳维埃夫·库图瓦夫人，婚前姓氏叫儒尔利安吧？"

她点点头，心跳剧烈：是不是他发生了什么事？督察继续说着，语调疲惫沉闷："您报案说您丈夫失踪……"他翻着一本油腻腻的笔记本，"是昨天，星期六，在晚上 10:40，对吗？"

她害怕得小声叫了出来。

"你们已经找到他了。"她绞着双手说道，"他死了，是吗？"

吉夫拉尔抬起眼来，眼中闪过一丝诧异。

"没有，夫人。只是核对信息。"

热纳维埃夫一下子坐进了椅子。"奇怪，"督察心想，"她显得很遗憾。"他大声地问道："您在同一天晚上 6:30 最后见到他，对吗？"

"不完全是。"乔治边说边走进了门厅。

"但我见过他!"热纳维埃夫说,"我们有个约会……"

"我来说吧,"乔治面对吉夫拉尔说道,"你得知道,她并没有见到他,只是在电话里和他说话。那是不同的情况。"

警探点点头,咬着铅笔。

"好吧,"他说着,做了笔记,"那时他在哪里?"

"在他办公室里。他办公室在豪斯曼大道的乌马-斯坦达德大楼。就在拐角……"

吉夫拉尔挥挥手,他知道那大楼在哪里。

"您肯定他没在其他时间给您打过电话吗?"

"是我在给他打电话。"

吉夫拉尔接受了这一点,开始按摩脚踝。他为此抱歉说:"从星期六中午起,我一直在东奔西走,所以……"

"我知道你星期天也工作。"乔治说道,显得平易近人。

"轮班。正如他们说的,必须要有警察。一整天,每天如此。"

他又咬起了铅笔。热纳维埃夫发现他有一副白得出奇的牙齿。

"好吧。"他说道,"在那以后,您没有再见到他吗?"

热纳维埃夫摇了摇头,拼命忍住眼泪。

"也没有接到他的电话?"吉夫拉尔问道。

"没有一句话,也没有一点征兆。"乔治回答说。

督察合上了笔记本,乔治又走上前一步。

"现在,请告诉我,警方发现了什么情况?"

"什么都没有。这就是我们要开始调查的地方,先生。"吉夫拉尔说着,展示了一下笔记本,然后把它放进口袋里去了。

乔治有点生气了。

"那么,过了二十四小时,你们什么都没做?甚至还没有开始做?令人惊叹!这就是法国。"

吉夫拉尔耸了耸肩。

"已经通知了各个医院和警察局。我们还能做什么呢?星期六夜晚失踪的丈夫太多了。要把他们都找出来是很尴尬的事……他们通常过了午夜就冒出来了。"

热纳维埃夫用一只手遮住了嘴巴。

"无意冒犯,夫人,"他说道,"但是,男人嘛,您知道是怎么回事的。"

她觉得是的。她把头埋在两手之间,听任泪水流了出来。乔治显得很生气。吉夫拉尔咬着嘴唇,试图弥补伤害。

"当然啦,有时候,他们直到星期一早晨才返回合法住处。所以,别为这事忧虑。为什么接受不了,夫人?您知道他在哪里吗?"

她猛然抬起头来,那模样犹如一头困兽。乔治赶紧过来救援。

"顺便提一下，督察，我觉得最好告诉你，明天上午检察官办公室一开始办公，我就想去对我妹夫提起诉讼，理由是欺诈。"

"啊哈！为欺诈提起诉讼……那不在我的管辖范围里。"

督察凝视着乔治，嘴巴稍稍张开，伸了伸两腿，让自己舒服一点。

"我认为间接地属于你的管辖范围。"乔治说道，"因为失踪的是我妹夫，而就是他诈骗了我……"

"乔治！别说了！督察对这没兴趣。"

"噢，我有兴趣的，夫人。你得对三种人说实话，绝对是实话：你的医生，你的神父，还有我。所以，库图瓦先生诈骗了你，那么，你假定这是他失踪的原因吗？"

"不是，他还不清楚我已经知道他欺诈了我。"

"啊哈……所以，你要去提起诉讼？"

"对，我要向公诉官提起，明天上午。我是在星期六才发现的，星期六深夜。"

"我明白了，明白了……"他长长地叹了口气，"好吧，那么，你要明白，先生，我们要在收到你的诉讼状后才开始处理。但是，当然啦，有情况请随时联系我，好吗？"

他稍微前倾，继续说道："现在你认为在失踪和欺诈之间有联系……"

热纳维埃夫打断了他。

"别这么说,先生!不可能!因为他在电话里告诉我说……"

"请原谅,请您想想清楚,夫人。从法律的角度来说,带着另一个女人离开,那就远不如潜逃那么严重了……"

"热纳维埃夫!"乔治插话说道,"你怎么又不怀疑他了呢?"

吉夫拉尔往后一靠,专注地听着。

"你还没有明白我告诉你的事!"热纳维埃夫说。

"你没法解释清楚……"乔治说。

热纳维埃夫气得说不出话来。督察旁观着兄妹俩面对面对峙。他又一次掏出了笔记本。热纳维埃夫气急败坏地说道:"但他并不知道我给你看了他的账本!"

"他肯定清楚他已经走投无路了。"乔治说。

"不!你还记得吗?他告诉我说,交易已经完成了,一切都会好起来的。"

"当然记得,他那是在谈论出逃的事。"

"他原本会告诉我的。"她说道,"他对我说,我们在一起会很幸福的!在一起!"

"那是在哄骗你!他要去见女朋友,已经迟到了!"

热纳维埃夫似乎畏缩了。一阵沉默。吉夫拉尔打破了沉默,语气非常温和。

"根据你们说的情况,那么,他并没有失踪,是吗?他就是溜之大吉了,对吗?"

乔治转向了他,但依然为争执感到痛苦。

"事实胜于雄辩。我的妹夫欺诈了我。我有证据,已经掌握在手了。然后,他就和他妻子约定了见面,但却溜了……"

"和他的女朋友一起溜走的。"吉夫拉尔补充了一句。

"你也知道了!"热纳维埃夫叫道。

"不,夫人,你哥哥这么说的。你昨天报警他失踪时,为什么没说?"

乔治代她回答了。

"听我说几句,督察。我做个解释。她怀疑他和一个女人在一起。那是实话。嗯,我们希望警方能找到他,并获知那女人的名字。说清楚了吗?我妹妹想离婚了。明天我们就去见律师。"

"所以,夫人就来到此地,和她哥哥站在一起了?"

"那不重要。"乔治说。

"我明白了。但是,嗯,如果夫人没有回到她的合法住处,她怎么知道库图瓦先生是否回来了?"

"无论他回来还是没回来,"乔治大声叫道,"我妹妹不想和那个罪犯再有什么关系了!"

热纳维埃夫的眼睛一亮。

"你知道了什么吧,督察?他已经回来了,是吗?"

她突然被希望冲昏了头脑,准备原谅一切。在吉夫拉尔还没能回答之前,她就开始对她哥哥大叫道:"他已经回来了!你明白吗?你不用去提起诉讼了。我会卖掉珠宝饰品、皮草衣物,还有公寓房,我们会住到郊区去,但你可以拿回你的钱了,我发誓!"

乔治大吃一惊,目瞪口呆。

"你在说什么,热纳维埃夫?督察连一句话都没说,你就认为……"

她一个转身,抓住了吉夫拉尔身披的旧雨衣领子,用劲摇晃着。他没有试图阻止她。

"我在莫利托街时进去看了看……他不在。但他很可能回来后又出去了……"

"女仆在家!"她哭起来。

"得了,你明白了吗?"乔治说。

她泄气了,又是一阵沮丧。她没法这样下去了,从憎恨转向希望,又从希望转回憎恨。

"不是的,"督察边说边站了起来,"你家里现在没人,我按了很久的门铃。"

"那是女仆晚上出去了。"热纳维埃夫解释着,对这个世界很生气。

"还有一件事,"吉夫拉尔说道,"有您丈夫的照片吗,夫人?也许在辨认他时会有用。"

"有的，在家里。"

"我有的，我去拿来。"乔治说。他不想有什么拖延。

他离开了门厅。热纳维埃夫试图避开吉夫拉尔的目光。

"你哥哥不喜欢库图瓦先生，是吗？"

缓慢地，热纳维埃夫的脑袋从右边转向了左边。

"也许是我的错。"她承认。

"而您呢，夫人？"

她感到很惊讶，便抬起了眼睛。

"我？"

"是的，您，您爱他吗？"

男人突然焕发出人类的温暖。她真想扑进他的怀里，大哭一场，最后再把头靠在一个理解她的肩膀上。然而，乔治进来了，交给他一张快照，她认出来了。

"噢，不，不要这张！"她叫道，"他没刮胡子呢。这让他看上去像个流氓。"

"他就是个流氓。"乔治坚定地说。

吉夫拉尔把照片放进了口袋里，猛地鞠了个躬。

"先生，夫人……"

他试图吸引住热纳维埃夫的目光,向她投去最后一丝同情的眼神,可是不走运。他感到有点尴尬,稍稍犹豫了一下。

"好了,又一天要来临了。回家睡觉了,嗯?"

乔治的脸色一亮,有了一个想法。他举起了手臂。

"请稍等一下。下了班,你就只是另一个公民了,对吗,先生?"

"我的名字是吉夫拉尔。"

"吉夫拉尔先生。你就可以宣誓作证,和其他公民一样?"

"作证?"热纳维埃夫不安地问道。

"是的,"乔治说,"我就想证实一下你的一个推论。"

督察的目光闪烁不定,但只是一瞬间。"你不是正式地请我这么做,只是私下要求,对吗?"

"正是如此,可以吗?"

"当然没问题……只是,你没有其他的打算吗?"

"保证没有。"

"乔治!你现在要干什么?"热纳维埃夫问道。

"你的小脑袋就别担心了,稍等。"

他一下子蹿出了门厅。督察伸手放在热纳维埃夫的胳膊上。

"别担心,夫人。生活中一切都会发生……只是方式不同而已。"

觊觎钱财 情侣撒火

大堂里,旅馆老板和老板娘伸手伸脚地坐在扶手椅上,正在喝餐后苹果白兰地。

"我不信任他们。"玛蒂尔德突然说道。

查尔斯抬起一条眉毛,表示出疑问。

她用下巴朝天花板努了一下。

"你的那对情人,我不喜欢他们的行事方式。"

"怎么啦?"

"很难说清楚。你从来看不到他们的脸。假如你在街上遇到他们,你会认出他们吗?"

"在街上,我不知道。假如他们回到这里,能认出来。"

"啊哈,"她说道,"所以,如果你从来没看到过他们的脸,这就是了。他们在房间里鬼鬼祟祟的,总是躲在阴影里。如果我送午餐上去,他们就正巧在欣赏窗外的景色,你能看到的永远是他们的背影!"

"你自己说过她不是他的妻子,"查尔斯说道,"如果他在偷情,那他是绝对不想被人认出来的。"

她摇了摇头,一口喝干了杯子里的酒。

"他们究竟在干什么,在楼上锁了门躲在房间里?"

查尔斯的肩膀开始抖动,无声地大笑起来。她跺了一下脚。

"去看看!"她下了命令。

"乐意效劳。"他说。

他费劲地站了起来,无声无息地爬上了楼梯。他从钥匙孔里望去,只见两人的身体躺在床上,完全安静。

"可怜的孩子,"查尔斯体贴地想,"他们在睡觉。"

弗莱德一点也没有睡意,他透过下垂的睫毛,注视着特丽萨。在这个平静的下午时分,他正在试图从无意义中找出意义所在:他们要有个孩子了。有个孩子,这意味着什么呢?

一阵暖风吹进了房间。特丽萨抖落了盖在身上的毯子,露出了美好的身体。弗莱德俯身向下,已经心思涣散了。他的凝视让她醒了。她微微一笑,掀掉毯子,她的腹部依然平坦而坚实。

"还在想象几个月后我会变成什么样了?"

"是的,"他撒了个谎,"这个,嗯,非常奇怪。不是对你,你不知道。但是我,你知道,那是……你怎么称呼的……那是……"

"你的责任?"

他突然发怒了,但她纤细的手臂环绕着他的脖子,把他拉向了她。

"我全指望你了,弗莱德。你是我唯一能依靠的……没有你,我就没救了。"

她使出了浑身解数。她想要,也需要一个正式的承诺,哪怕她用身体把情人逼得意乱情迷也要获取。弗莱德呻吟着,把嘴埋在她的肩膀凹陷处。

旅馆老板看得颇觉尴尬,便离开了偷窥的钥匙孔,狠狠地咽了口唾沫。

下楼后,他妻子盘问起他来。

"怎么样,你看到了吗?"

他咧嘴一笑。

"几乎没离开过那个钥匙孔。他们这个年纪真是太放荡不羁了!"

"哦！告诉我！他们在干什么？"

查尔斯叹了口气。

"你以为他们会在干什么呢？不像你我，不再年轻了。"

他们的目光对视了一下，隐约觉得有趣。她站起身来，脸颊红红的。酒精饮料总是使她如此。她看到他也在凝视自己，便冲他大笑起来。

"老猪仔，最好还是帮我收拾一下这些盘子吧。"

"收拾盘子？"他傻傻地问了一句。

他伸手搂着她的腰，两人一起走进了厨房，笑得像两个小孩。

特丽萨安静地躺在弗莱德的怀里，至少，她设法安静下来了。她浑身颤抖但仍然耐心地克制着。最终，她只是说了句："弗莱德，你还没有回答我的问题呢。"

问题？他原则上不相信问题。于是，他往后一靠，把脑袋搁在床头板上。

"哪个问题？"

"我能指望你吗？"

"在哪方面？"

"关于这个孩子。"她明确无误地说。

"哎呀，又来了。"

"弗莱迪!"她恳求道,"我一个人带着孩子该怎么办?我永远没法应付!"

"别这么说,"他厉声说道,"我知道的。"他两手交叉着放在脖子后面。

"我唯一想不到的是,你究竟为什么不信任我?"

他回避了直接回答,避开了麻烦。

"我真的信任你,弗莱德。我知道你会承担起你的责任的。"

"噢,看在上帝的分上!你怎么说话的,我的责任!接下来呢?"

她坐直了,平静地看着男孩的眼睛。他立即避开了她的目光。

"有时候,你真的太过分了。"他说道,"'责任'。那是你的态度,你知道吗?事情还没有发生呢。乖巧一点,你明白吗?"

"乖巧,这意思是说你要抛弃我了,是吗?"

他真想此刻就给她承诺,但不知怎的,他不能马上这么做。然后,那就太迟了。他叹了口气,一个成年人的叹息。他已经对一个倔强的孩子,就同一件事解释了不下一百次了。他把她拉向自己。

"有时候,我会得意忘形,我想,在我的锻炼下,你已经达到我的智力水平。然后,'砰'!你冒出来一句话。这样我又想起来你只是个爱看肥皂剧的女孩,就像我半年前遇到你时那样。"

"但不管怎样,你爱我,是吗?"

"你疯啦？你脑子里想的是我不爱你？"

她偎依在他的怀里。他真的被感动了。

"我害怕，弗莱德。"

"为什么？"

"因为爱情并不是所有的一切，不再是了。我要有个孩子了。他必须得有个父亲……"

"每个人都有个父亲，这是自然的规则。"他在她耳畔轻声地说道，吻着她的耳垂，让她沉默下来，"当然，宝贝，你能依靠我……你根本不需要问的……但你究竟想要我做什么呢，你是什么意思呢，依靠我？依靠我老爸，那才是我们要做的事。"

"可你父亲和这件事没关系啊。"她抗议说。

"啊，你啊你，你还不知道结果会怎样呢！见鬼，他有钱，说吧，你喜欢什么？到现在为止，他还坚决反对我们结婚呢。"

"如果他知道我们结婚的原因的话……"

"绝妙的原因。噢，你平时都没读过书，你啊你！那就是资产阶级露出獠牙的地方。他们脱掉手套，伸出爪子了。"

特丽萨的脸埋在两手中，哭泣使她全身抽搐。

"他凭什么反对我？他甚至根本就不认识我。"

弗莱德自感羞愧，又把她抱在怀里。

"哦,他真的没什么可反对你的,宝贝,不是这样的……他要我先找份工作。"

"我也是这么希望的!"她叫道,"我要你成为一个真正的男子汉!我要你能够照顾好自己,不要老是去找别人帮忙,不要去偷东西,那不……"

弗莱德显出一副自尊心大受伤害的模样,那是他最拿手的表现。

"别在乎我!说下去,偷东西,那不……"

"噢,弗莱德!"

她退却了,彻底崩溃了,为自己说的话痛苦万分。他不知道如何处理自己激起的痛苦,于是他就采取了另一种手法。他捶打着自己的胸膛。

"是的,的确如此。那就是我。狗娘养的男孩。我教给你的一切都从另一只耳朵出去了,嗯?你还在循规蹈矩地行事,还在为他们这个令人厌恶的社会喝彩,还在准备为阻止衰败尽点力。你想把我和四千万傻瓜放在一起!该死的胆小鬼!好像我和别人没什么两样,就因为我的银行余额不如我心里想的那样多。不,你懂什么?我在这里全靠我自己,宝贝,全靠我自己。"

他在房间里踱来踱去,脸上泛出伪善的神色。这一次,特丽萨没有阻止他,当他经过床边时,她攥住了他的手腕。

"弗莱德，我们要有孩子了！"

这"我们"也包括了他,当真的。他的脸色一沉,世故的面具也掉了。面具背后,完全裸露的是一张孩子的脸,被一件过于重大的事情吓坏了。这模样只是在刹那间闪现了一下,但特丽萨看到了。她放下了他的手。

"弗莱德，看在上帝的分上，做个男子汉……"

他指指特丽萨赤裸的身体,虚弱地笑了笑。

"什么？十五分钟前，是谁……"

"不，我以为做爱并不足以证明一个男子汉。"

"嗯哼，那个孩子不是我的吗？"

"是你的,但生出一个孩子也不能证明一个男子汉。任何人都能做到。"

她如此揭露他，使他无法面对自己。他得另找一个目标，于是他就盲目地找了一个。

"对我来说，那是必定会发生的事！"他高声叫道，对着天花板挥舞着双手，"天大的笑话！每个人都做爱！世界上每个人！嗨，你看到他们了，今天上午，路上的那两个外国佬？你觉得他们在捷豹车后面干什么？你猜猜看。该死的三百万法郎的捷豹车。不,让我来告诉你吧，对我来说，砖块掉在头上的要命事，对他们算不了什么。"

"你怎么知道？"她问道，"你想过吗，也许他们也有麻烦事？"

她正跪在床上，瞪视着他，第一次反驳了他，为了孩子，也为了他而战，决心要把他推回他不断地想爬下来的社会地位上去。这回有些新的东西，让他大吃一惊。

"好吧，也许他们有了点麻烦事，"他说道，语调有点犹豫不定，"他俩只有他在微笑。不管怎样，那是你不理解的事，他有钱，不像我！"

他试图把她推倒在床上，她挣脱了，变得态度坚决。

"谁说他有钱？谁告诉你的？"

"啊，你知道什么？他来这里是旅游，这个外国佬。他用什么来支付费用，咖啡渣吗？我还会告诉你其他事，他有来路不明的赃物，一只肥耗子。"

此刻，他讲到了技术性层面，这是个逃避话题的好机会。他迅速站了上去，用手背拍着另一只手的手掌，强调他的话语。

"你已经陷入了困境，宝贝，你不了解事实。这些外国人不会带着所有的赃物，离开自己的国家。这是违法的。所以，他们该怎么做？黑市。和他们秘密交易的人，另一些外国人，给他们法郎，兑换当地的假币。唯一的麻烦是，他们无法在这里开银行账户。赃物放哪里？他们不得不装车上带着。你应该看到过，你那个肥胖的巴西朋友的钱包，钱肯定来自各个渠道……两百，也许是三百的大票子。现在你明白了吗，傻瓜？"

这番话应该能打消她的念头。但特丽萨却起身站在他面前，赤裸着全身，口才流利地说道："所以呢？假使他口袋里有一百万法郎，那和我们有什么关系？你不会介意给我解释一下吧！"

弗莱德眯起了眼睛。

"什么意思？"

"意思是，从昨晚起，你一直在回避我的问题……"她深深地吸了口气，"弗莱德，你只是个懦夫而已！"

一个耳光随之而来。他们两人都吃了一惊。他看了看自己的手，怎么那么随意就挥出去了。而她则看着男孩，他居然那么快就证实了她的判断。

"你最好朝我这里打吧，"她发出嘶嘶声，指指自己的肚子，"你也许就能这样打掉那个孩子了。你这个没用的家伙！"

同一只手又挥起反抽了她一个耳光。特丽萨受到打击后，身体摇晃了一下。他原想拉住她，但几乎是违背他的意愿地，却变成了一拳打在她肩上。她摔倒了，但她没有尖叫，没有哭泣。他无法忍受她看向他的那清澈冰冷的目光，但他被某种新鲜的奇特乐趣攫住了。于是，他赤脚踢了她。特丽萨呻吟了一声，翻转过去，把腹部朝向他，故意而为。他丧失了理智，使尽全力踢去。

他不断地踢着，直到筋疲力尽。突然，他自感羞愧，用手掩面，不敢去看她弱小赤裸的身体，蜷曲着躺在地上，更不敢看她青肿的脸，乌黑、冷峻、明白真相的眼睛。他咬紧牙关，转过身去。

"给你一点教训……"

她没做回答。那男孩毕竟不是恶魔。他的内心一阵翻腾，他一言不发，拉起特丽萨，把她扶到了床上。她就躺在那里，一动也不动，两眼死死地盯着他。

"是他们的错，"他喘着气说道，"那些混蛋，就在下面，还有他们的捷豹车。"

他转向旅行拖车里的那些外国人，也不管他们在哪里，高声叫骂着，挥舞着拳头："混蛋！狗娘养的混蛋！"

这让他感觉好点了。他差不多找回了自尊，对她说道："我知道我必须要干的事。你会有钱的，别哭。"

随后，他转身背对着特丽萨，走到窗边，陷入了沉思。

"该死的钱！"

夫妻争吵 携枪野宿

佩德罗装模作样地阅读报纸,同时用眼角余光注视着他的妻子。她一动不动,一言不发。然而,每当他的目光转向报纸时,他又感觉到杰曼的目光刺穿了他。

他如何才能既不惊动她,又能把那把手枪拿走呢?他可不能把她一拳揍倒,对吗?而他再也无法预见她的反应了。

"想看报纸吗?"他问道,试图引起话题。

他把报纸放在桌子上,拿起塑料咖啡壶。

"来点咖啡怎么样?"

他微笑着,只得再给自己倒了一杯。

"真是有趣,我们变得越来越像美国佬了。据说,在这里,那些妓女会很随意地索要私人电话号码,想做'应召女郎',就像在纽约一样。"

他大笑了一番,但没有得到回应。然后,杰曼抬起头来,也大笑起来,并且笑个不停。这很恐怖。她一直笑着。他咬紧了牙关,必须得做点什么。他跳起来,绕过桌子,打了杰曼一个耳光。她停下来了,肩膀垂下,深深地叹息了一声,往后一倒,进入了麻木状态。他跪在她的身旁,脸埋在她的裙子里,哭得像个孩子。她心不在焉,茫然地瞪着眼,抚摸着他的脖子。

"我去散步,"弗莱德说,"你去吗?"

特丽萨摇摇头,她的目光还没离开他。他耸了耸肩。

"好吧,去看看海滨是否安全。偶尔也帮我一下,好吗?别总是坐着。你知道在这里我不能被人看到……"

她一言不发,站起来,穿上了雨衣。走廊里没人。她下楼梯走到一半时,听了听,听到了两个人的声音。玛蒂尔德和查尔斯的说话声,从厨房里飘来。她向弗莱德挥挥手,没人。他就直接下来了。

夜晚降临了。杰曼放在他脖子上的手不动了,佩德罗抬起了眼睛。杰曼似乎睡着了。他温柔地吻了吻她的手,把她抱在怀里,而她任由他抱着,却紧紧地攥住了她的包。在他走向旅行拖车时,她喃喃地说道:"你曾经就是这样抱着我的,佩德罗。"

她依偎在他的胸前。

"噢,感觉真好……"

他把她抱进了旅行拖车里,用脚勾着关上了车门。他轻轻地把她放在床上,靠在她身边坐下了。

"好点了吗,亲爱的?"

她的眼皮眯了起来。黄昏时分的最后一缕余晖从车窗里照了进来,掠过了她眼角上的一滴泪。他俯下身去,吻干了那滴泪水。她搂着他,于是他就伸展了身体,躺在狭窄的小床上,就在她的身旁。他们就这样躺着,一动也不动。佩德罗试图回忆起很久以前是多么的不同啊!不,不是很久以前,六七个月之前吧!婴儿夭折之前的事了。在杰曼的"事故"发生前……忘了吧,他暂时还可以休息一下。

一道刺眼的亮光照到了他们身上。一辆过路车的轰鸣声让旅行拖车的车身似乎也在震颤,一阵风吹过,那辆车开过去了,又把他们留在了黑暗之中。佩德罗站了起来。

"我知道你爱上了另一个女人。"杰曼嗓子嘶哑着说。

"什么?"

他没有理会,伸手摸到了开关,"啪"地一下开了灯。杰曼用手捂着眼睛，遮挡灯光，从手掌下凝视着他。

"还记得你以前常说的话吗？女人独自睡觉就像壁炉里没生火。"

他明白，但无言以对。杰曼不再是个女人了，对他来说。他爱过她，但时过境迁，他无法用通常的方式来证明他对她的爱。他转过脸，这样她就不能从他脸上看出什么了。

"你没话说吗？"她问道，嗓音依然嘶哑。

他又转回脸来对着她，还握住了她的手。

"杰曼，你是我唯一爱的人……我发誓。"

她抽出手，脸色一黑，想说什么话来把他驳斥得体无完肤，可她想不出说什么好。于是，她伸手找到手提包，打开了，手颤抖着。佩德罗脸色变得惨白，他忘记了。他忙于试图让她安静，却丧失了拿到那把手枪的最佳时机。所以，也就这样了，他想到，她会抽出手枪，然后……

"杰曼，"他叫道，"你相信我，对吗？"

他屏息静待，她的手在包里不断地翻找着，随后，她抽出了一条手帕，开始擦拭眼睛。

他实在受不住了，只得坐了下来。

"我相信你，佩德罗。"

现在怎么了？他跟不上她的变化了。她在微笑着，仔细地在脸上擦粉。

"就过去而言,我相信你。"她补充了一句,同时涂起了口红。

她轻轻地涂抹着,紧紧地抿了一下嘴唇,对着化妆镜看了看,突然,毫无征兆地勃然大怒,把美容粉和口红一股脑地扔进手提包里,大声叫道:"但是,就目前和未来而言,你是个骗子!我什么都知道了!"

她又把手伸进手提包里。这次,佩德罗没有迟疑。他扑向了她,两人搏斗起来。

"放开我!我和你完了!我禁止你……"

她竭尽全力地挣扎。他则试图把她的两手反剪到背后,因为骤然间他开始害怕死亡了。他的手肘无意中碰到了开关。灯暗了,他们继续在黑暗中扭打,而不再去想扭打的原因。突然,他的手指触碰到包的皮革,他记起了缘由,但杰曼已经设法挣脱了他,"啪"地一下打开了灯,她往后退了一点,披头散发,大口喘息着,脸面绷紧,手伸进了手提包里。

"你休想脱身!"她啐了一口唾沫,"我知道我们回法国的原因。我他妈的太清楚了。你就想抛弃我,和你的新女友私奔。但我不装样子了,听到了吗?我宁可……"

佩德罗没有挪动,他看着她,既绝望又无奈。"把话说完吧。"他疲倦地咕哝着。此刻,他只想去死。拼死拼活地活着还有什么意义,尤其是当你已经失去了一切对你有意义的东西时？

缓缓地，她把手从手提包里抽了出来。她精神焕发，扬扬自得。他闭上眼睛，无法再搏斗了。就让她一枪毙了他吧。

"这是什么？"杰曼叫道，"你也否认这个？"

他睁开了眼睛，认出来她在挥舞着一封信。那是他的姻亲给他的回信。她肯定是昨夜从他的口袋里找到的。

她展开信纸，大声读了起来：

"'……可怜的佩德罗，你肯定感到很糟糕……'你给他们写了什么？你当然是在欺骗他们，无论你写了什么，你肯定感到很糟糕，但我的感受好像不重要……哼，再来听听这句话：'当然你说对了。她在这里不会不快乐，因为靠近我们，在她童年时代的南方，靠近她的家庭……我们会带她去戛纳的佛莱哲利医生那里……'"

她把信捏成一团，扔在他脸上。

"我们会带她去……所以，你想让他们把我带走，就这样，是吗？这样你就可以回去找你的新女友了。你不在乎为了抛弃我所做的这些事，你受不了我。你甚至会说我疯了。"

佩德罗以手掩面，已经疲惫不堪了。他不知道接下来她还会说什么或者做什么，对她的状态，他感到无助。杰曼扑到他的怀里，突然哭泣起来。

"那不是真的，佩德罗，那不是真的，我没疯。告诉我，那不是真的！你是我在这个世界上的一切，佩德罗！"

"不是真的，亲爱的，你没有疯，我也没有爱上其他人。"

"那么，别带我去南方，求你了，求你了！"

"今晚你愿意就待在这里吗？我们一起睡在旅行拖车里，就像两个情人，明天我们再决定该怎么办……"

"好的……好的……你保证？"

"我保证。"

她哭泣着，坐在地板上，倚靠着他的腿。希望回到了佩德罗心里。他自卫的本能又被激发了。他看到手提包在地上，就在他妻子身旁。他两脚没动，伸手把手提包捡了起来，藏在身后。

"如果你认为我疯了，"她说道，"为什么……"

他打断了她的话。

"我没有认为你疯了，杰曼。你只是受到了严重的打击，所以你必须得照顾好自己，生活要有规律，早日康复，这样，我们又能过幸福生活了。"

"那么，他们为什么说'带我走'？"

"只是用词不当，亲爱的。"

她安静了一会儿，然后又说了："那为什么你不把我'关在'巴西，这样我就能紧挨着你？为什么要开着旅行拖车来度假？"

"因为我想让你见见你的家人，我知道你爱他们。我想要你再看看你长大的地方，我知道你从来没有真正喜欢过巴西。你想念法国，对吗？所以，我们多次谈论过在这里野营度假，我以为……"

他觉得自己看到车窗上出现了一张脸，就在刚才。他跳了起来，打开车门。只听到奔跑的脚步声在公路上响起，一个身影消失在树丛里。

"你在干什么？"佩德罗叫嚷道，"流氓！"

弗莱德脸色发红。

"你才流氓，你这肮脏的混蛋！"他嘀咕着。

他看到外国人关上了车门。弗莱德就向旅馆的方向走去，一路上踢着每一个土块和小石子。

"你在忙什么？"佩德罗问道。

杰曼已经打开了壁柜，取出几条毯子。她把这些毯子卷起来夹在胳膊下。

"亲爱的，别生气。我完全没事，我相信你说的一切。但我不能在这里睡觉……"

"我不理解。"

"我要去外面睡，在树林里。在这里我没法放松。"

"为什么？"

她不耐烦地摇了摇头。

"我不能肯定，在我睡觉时，你不会开车去南方。"

他不想争执。

"好吧，知道我们要干什么吗？把毯子给我，我去睡在树林里。"

杰曼大声笑了起来。

"不，佩德罗，我还没有那么疯狂。"

"你是什么意思？"

"你所要做的就是，在我睡觉时锁上车门，然后你坐进汽车，朝南方开。"

她吻了一下他的鼻尖，在车门口道了"晚安"，跳下车去了。

"做个好梦，佩德罗，亲爱的……"

他用目光追随了她片刻。他暗想着，黑暗中她待在树下会害怕的，很快就会回来了。但他妻子的身影在树丛里消失了。她的手电筒忽而在这里亮一下，忽而在那里亮一下，仿佛是在找个像样的角落，随后亮光也消失了。他叹了口气，在床上伸展开身体。他伸手摸了一下她的手提包，很好，她完全忘记这个包了。

弗莱德气喘吁吁地走到旅馆，在花园里，他就看到老板夫妻俩在厨房里准备晚餐。他一把推开了门，奔过大堂，上了楼梯。

玛蒂尔德"砰"地把砂锅放在炉子上。

"随你怎么说吧，查尔斯。但我已经受够了你的库图瓦'先生'了。你听到了吗？到处'乒乒乓乓'的，他的脸是怎么回事，不能让你看到？"

她丈夫冷冷地一笑。

"嗯，那里又有什么麻烦了，花都蔫了。"

"你是什么意思？"

"不然的话，他不会不带她就出去的。你知道我的意思吗？不管怎么说，你能看到她的脸，真的还不错。"

"你认为他那样悄悄地走来走去的，就是因为他害怕他妻子？"

"肯定是的，要不然呢？"

楼上，弗莱德把门开了个缝。借助煤油灯的亮光，他看到特丽萨躺在床上，没有动静。悄悄地，他走了进去，穿过房间，又站到了窗前，朝那辆旅行拖车望去。

佩德罗在烟缸里掐灭了香烟，看了一眼手表，10:30。他透过车窗往外看着，等待杰曼回来。但他什么也看不到。他便关了灯。

万籁俱寂，一片漆黑。树木在风中时不时地发出"沙沙"的声响。

他回到了自己的床铺上，颇觉恼怒。她从哪里学来的想法去买把手枪的？想到了这件事，他最好处理掉手枪。于是，他打开了她的手提包，伸手进去摸索了一番，口红、美容粉、护照，还有天知道的什么东西。他诅咒了一句，干脆把包里的东西倒在床上，颤抖着手，摊开了这些东西。随后他又开灯确定了一下，只得放弃了，那把手枪不在。

她肯定是在他去追偷窥者时拿走了手枪。

夤夜突访 遭遇尴尬

在私生活中，丹妮丝这位公司的模范秘书是个时髦女郎。她信奉当机立断，也相信老式的补救方法，比如在枕头上弥补男女间争执的分歧。她踢掉鞋子，穿上了拖鞋。

"你还不脱衣服吗？"她问保罗。

保罗的脸黑了下来。他用一支烟点燃了另一支，运用这种方式的男人懂得如何煞费苦心而又卓有成效地表达其正在生闷气。他转了个身，怒吼道："不脱！你还想知道别的事吗？"

他问话时恰好丹妮丝正在解开内衣纽扣，幸运的是，那是个优雅的姿势，她稍微俯身向前，两手弯曲在背后。每个人的爱情氛围不同。

他们的爱情历经风雨雷电，才得以加深。她因此立即摆出了小小的哀伤微笑，仿佛是下半旗似的。

"求你了，亲爱的，如果你有什么话要说，快说吧。已经不早了，明天我还要去上班呢。"

每当她把他因善意而引发的怒气安抚成小孩子一时兴起的程度，他就不由得对她爱恨交加。

"我也要上班，你能想到的。"他说道，没什么其他话可说了。

丹妮丝脱了一半的衣服，散发着诱惑的魅力，向他走去。这个顺从的奴隶，很确信自己的美貌和迟早会带给她的力量。她用手臂搂着他的脖子，用殉道者和狮子对话的声调说道："从昨天起你就这样对待我，这样好吗？"

她的胸部圆润而坚挺，内衣解开了，几乎毫无遮掩，对保罗有着特殊的诱惑力。他"哼"了一声，而不是回答她的问题。此刻他最不想做的就是争论了。她继续说道，有点悲伤，却也无可奈何："我们只有一天半的周末，宝贝。别糟蹋了。"

他决定要证明给她看，他是多么愿意和她在一起。这恰恰正是她所期待的。

"不，别碰我。你已经伤害了我太多、太深了。"

这是她过去最为惯用的手法之一，但依然在使用。于是，保罗的怒气爆发了。

"啊！太好了！和你在一起，总是先得付点代价！"

她钻上床，拉了一条朴素的床单盖住赤裸的身体。

"代价？那是什么？"

"你总是先卖弄风骚，接着，等我兴致上来了，你就开始拷问我。亲爱的，这就是代价！"

丹妮丝惊讶得张口结舌，但紧紧拉住床单。

"这就是你生气的原因吗？不，在此之前你就生气了，亲爱的。"

"不！"他叫道，"我不是因为这生气，你歪曲了我说的一切！"

"好啊，那你就解释一下吧！"

"那就是了。你想要解释，你要求解释，就在……"

"但那有什么错？"她叫道，"我必须得搞清楚你究竟怎么了。"

差不多败下来了，他绝望地耸了耸肩。

"好吧！你是对的！永远是对的！你的逻辑真是杰出，把我的逻辑打得落花流水，可那就没办法了。"

他一直在脱衣服。此刻，他停了下来。丹妮丝坐直了身体，忘记了盖在身上的床单，她想要他。

"保罗？你内裤脱掉了吗？"

"没有，我最好还是穿着。"

这说对了,在某种意义上,一个男人脱掉了内裤就没了尊严。

"最好还是穿着。好吧……我想是没勇气吧。"

这番话刺痛了他的自尊心,他转过身去,开始脱掉长裤,差点失去平衡。

"你可是专家了,"他说道,"还真有勇气要和老板浪漫一番了。"

丹妮丝拍了拍胸。

"我?我要和老板浪漫一番?你做什么大头梦啊?"

他已经脱掉了长裤,平整地折叠好,放在床垫下。

"被发现了,亲爱的,被发现了!不是梦出来的。"他幸灾乐祸地说。

"你能给我解释一下吗?我不是很聪明。"

"我从来就不相信那些宣称自己不聪明的人,因为……"

"换个时间再给我读词典词条吧。"丹妮丝插话说。

保罗事先准备了很多话,记在心里。但丹妮丝有个习惯,把这些话冻僵在萌芽状态。保罗气坏了,他真想杀了她。

"你跟朱丽叶可不是这么说的!"

他声嘶力竭地叫喊道。但她挥挥手,让他声音轻一点,指指墙壁和外面的邻居,"不必让他们知道你不爱我。"如此一来,她每次都赢了。

"好吧,"保罗低声地说道,"别对我说,你没有对你那英俊色迷的甜爹轻轻摆动大腿,而我却全身颤抖地在等你……"

"朱丽叶。"丹妮丝讷讷地说。

她沉思了片刻,然后用一个词给她的女朋友贴了个标签。

"母狗。"

"母狗不母狗的,你说了算!"

"见鬼了我承认!那是个谎言。噢,你真该亲眼看看。你倒是可以把我告上宗教法庭。"

"古希腊对你更为合适。你可以成为一个高级妓女……"

门铃响了,他们一下子呆在原地,面面相觑,交换了一下眼神。

"你待在这里吧,"丹妮丝说着,披上了睡袍,"我得去看看谁这么晚来访。"

她关上了卧室的门,匆匆穿过她的公寓房:有两个房间,一个厨房,还有一条短小的走廊。

她打开门……认出了库图瓦太太,但她带了两个陌生人。一个人用手肘碰触了一下另一个人,那第二个人显得有点歉意,举起了一张身份证件,她只看到一个词:"警察"。

"什么?"

"只是例行公事而已。"吉夫拉尔有点尴尬地说。

丹妮丝恢复了镇静自若的心情。

"出什么事了吗,库图瓦太太?"

热纳维埃夫张了张嘴,却说不出一句话。她拿出一块湿透的手帕擦拭着眼睛,泪水止不住地流下来。乔治难以控制自己。

"小姐,我们有理由相信,此刻你不是一个人在家吧。"他说。

"所以呢?"她冷冷地说,"那又关你什么事呢?"

"你也许会明白,那正是和我们有关的事。"

他示意吉夫拉尔进去,但丹妮丝堵在门口。

"你要去哪里?"

"警……察。"督察结结巴巴地说。

"警察,我不相信!我不是小孩了。有搜查令吗?没有,即使你有,我也可以让你等到天亮再说。这就是法律。"

吉夫拉尔对乔治两手一摊:"我告诉过你,儒尔利安先生。"

"你让我们进去吗?让还是不让?"

"不让!"

吉夫拉尔玩弄着外衣上的一个纽扣,直到它掉下来。乔治试图控制住愤怒情绪,那是他最糟糕的情感。丹妮丝控制着局势,颇感自得。热纳维埃夫抽着鼻子。年轻的姑娘为她感到难过。

"你能告诉我出了什么事吗,太太?"

"我的丈夫失踪了,丹妮丝!"

秘书倒抽了一口冷气。她惊讶得伸手掩住了口,松开了睡袍。睡袍敞开了，乔治的眼珠几乎要瞪出来了。吉夫拉尔依然是一副公事公办的神色。

"这就是我们来找你的原因，小姐。"

丹妮丝把睡袍裹好了。

"这和我有什么关系呢？"

"这就是我们要问你的！"乔治说。

"究竟谁要问谁什么事？"丹妮丝说。

"你必须得帮助我们，小姐，"督察说道，"你是最后见到他的人，是吗？"

她后退几步，让他走进起居室。吉夫拉尔把手放到乔治的手臂上，阻止他冲进卧室。

"你几点离开他的，小姐？"

"昨晚吗？大约6:20。"

"你总是那么准确地记时间吗？"

"他告诉我，6:20以前别离开。"

保罗的耳朵紧贴在门上，想听清楚。但他能听到的只是模糊的噪音。声音越来越大，丹妮丝似乎气愤无比。

"你疯了吧！如果这是你的想法，你就是个疯子！"

保罗没法听清热纳维埃夫的一连串话语，但他能清楚地听到乔治说：" 哼，我要进去搞清事实！"

"你敢！"丹妮丝高叫。

卧室门"砰"的一声打开了。乔治发现自己正瞪眼看着一个陌生男子，弯腰俯身对着钥匙孔，身上大部分地方赤裸着。乔治咕哝着难以听清的道歉，站着不动了，嘴巴大张。保罗本能地飞快挥拳朝陌生人的脸上打去。乔治往后倒地。热纳维埃夫尖叫起来。丹妮丝咒骂着。吉夫拉尔干净利落地伸手一把拉住乔治，在他耳朵旁低声说道："别动，你过分了。"

丹妮丝愤怒地发泄起来。

"好了吗？高兴了？太好了！因为明天你就不会这样了。这事没完，我告诉你！我保证！而你，你这个假警察，我会找你的。我是说，这是什么样的马戏小丑表演！"

她镇静了一下，走向热纳维埃夫，此刻她哭泣得更厉害了。

"哎呀，他们倒是来帮了大忙，是吗？……现在，都给我滚出去！"

他们很乐意遵从。她看着他们默默地走了出去，"砰"地关上门。她走过去，短暂地把耳朵贴在门上，听听门外的事后反应。挨了一拳的男子在责怪库图瓦太太的所谓"直觉"。吉夫拉尔试图让他们安静下来，带他们离开。

她耸了耸肩，回到了卧室。

保罗高高地扬起了下巴。

"那么我不是唯一认为你和老板睡觉的人!"

丹妮丝把手放在臀部,眼睛直瞪着他。

"别说了,我们不要再花上后半夜争吵了。"

她扯下睡袍,扔到床上,伸出两手搂紧了情人。

"我们已经丧失了足够多的时间了,保罗!"她说道,并未等待回答。

恐惧开枪 夫妻殒命

旅馆烟囱里飘出浓烟,风声呜咽,天色漆黑,气候温暖,雨时下时歇,灰雾颗粒飘过了公路。

弗莱德翻开自己身上的毯子,扭过脖子,看看特丽萨是否睡着了。他不能确定。她的呼吸显得很有规律。他转头回到自己的枕头,上面已经被汗水浸湿了。

他完全无法入睡。

仿佛是生活还不够复杂多变,他们还需要那场愚蠢的争吵。自那以后,特丽萨似乎完全自我封闭了,她没再开口说一句话。一阵怒气在他心里升腾而起。

"哈！不是男子汉。但那是我决定了一切，做了一切，一切！"

凌晨时分开车回巴黎，这样警察就不会发现他们坐在偷来的车上了。还有旅馆账单，怎么支付？重要的是找出解决首要问题的方法：特丽萨和孩子，这要吓坏老头子了。

"尽管如此，我还不是个男子汉！胡扯！"

走出这个困境的唯一方法，至少在目前来说，就是他要去弄点钱。

特丽萨真是个傻瓜。抛弃她吗？她活该，一百次也不算多。只是……那样的话，他又成孤单一人了。

他再次瞥了一眼床的另一边。她已经把她的一点责任都推给了他，所以她可以轻松地呼吸！太过分了，该死的，真是过分！

他一条腿下了床，随后另一条腿也下来了。他赤脚走到床的另一边，在她面前俯下身去，她是在睡觉还是装睡？特丽萨的眼睛一直闭着，呼吸顺畅深沉。他走到窗前，拉起了百叶窗帘，把自己发烫的前额靠在窗玻璃上。

夜深了，乳白色的微光中显出了四月的瘦削树枝，在风中乱晃。树皮缝隙上有一滴雨珠，在月光下间或闪烁着。他看到了雷诺车，停在院子的角落里，仿佛像个丛林动物，蹲伏着，准备向最近的猎物猛扑过去。

弗莱德打了个寒战。他的内心感觉锋利而又尖锐，为特丽萨感到孤独。她没有动。这又让他火冒三丈,她居然还能睡得着。"她刚才还打过呼噜,但却说我还不是个男子汉!我会让她看看,让她看看。"他开始穿上衣服,行动得就像一个梦游者。突然,他停住了,一条腿悬在空中,一只拖鞋拿在手里。特丽萨叹了口气,在床上翻了个身。她柔软的脸庞笼罩在月光下,但片刻之后,又消失在阴影里了。弗莱德穿上拖鞋,把百叶窗帘拉了下来。

他手提着鞋子,轻轻地开了门。

特丽萨的眼睑动了一下,但他并未注意到。他一走进走廊,她就坐了起来,脸色焦虑,毯子裹到胸前,抵御着寒意。

旅馆外面,弗莱德坐进了车子,松开刹车。

雷诺车开始滑下碎石坡,一阵缓慢的"嘎吱嘎吱"声,弗莱德在铁门前停下车,跳了下来。他往后拉开沉重的护栏时,护栏发出了尖锐刺耳的声响。

一楼的一道窗帘猛地被拉开了。

玛蒂尔德大吃一惊。

"查尔斯!起来,天哪!你的住客要溜走了!"

老板从酣睡中惊醒,奔到窗口,看了看,挠了一下脑袋。

"他遇到了什么麻烦?车子出故障了?为什么他不发动该死的引擎?"

"那样我们就听不到他的声音了!他要逃跑,查尔斯,抓住他,这小杂种！"

她把他往门口推，但他反对。

"沉住气，嗯？想想吧。我们别自找麻烦。你看到那个女孩了？"

"她在车里，你这傻瓜！"

"嗯哼，你没看到她。先去确定她是不是在房间里。"

"你疯啦？为什么？"

"下午他们吵架了。你知道，他一个人出去了。所以，也许他又想出去透口气呢？"

"在夜晚的这个时候？只有你才会有这种想法。只要能让你回床上睡觉就行。"

"上去看看，在他关上大门前你就回来了。"

她一步跨过四级阶梯上了楼，毫不犹豫地走到8号房间门前，然后慢慢地扭动了球形把手。

特丽萨看到门把手在转动，便躺回床上，闭上眼睛，以为是弗莱德回来了。玛蒂尔德看到她后宽慰地叹了口气，又轻轻地关上了房门。

然而，弗莱德已经在路上了，他就让大门敞开着。

查尔斯一直盯着他和车，听到妻子走进来便大声叫道："怎么样？"

"嗯……她在楼上！"

他举起两手，眼看着天花板，随后转过身来。

"那么，今晚是谁对了？"

"是你对了！别吵，你说对了！"

查尔斯最后看了弗莱德一眼。他坐在方向盘后，车门开着，一只脚在车里，另一只脚踩在地上往后蹬着推动车子前行，很快，他就让汽车自己往下滑行了。查尔斯没兴趣看了，回到床上，发出怨言。

"你是怎么回事？把我从睡梦中吵醒……"

她打断了他的话。

"我想是你梦里有个小姑娘穿得漂漂亮亮的，取代了我吧。"

他钻进了毯子。

"从来就没法和你讲道理。"他说。

于连的嘴张开着，正在断断续续地发出鼾声，在昏暗的光线里紧闭着两眼，挣扎在噩梦中。他没法挪动，脑袋嵌在电梯角落里，头颈搁在公文包上。他大叫了一声："不！"然后就醒了。

他喘息着，剧烈地摇摇头，仿佛是要把噩梦里的最后场面摇晃掉。他看上去就像一个濒临死亡的人。他的须茬已变得肮脏浓密，头发凌乱，纠结成团，手上满是电缆润滑油，而他去擦脸上的汗水时，润滑油便在脸颊上留下了长长的痕迹。

突然，他坐直了身体。

"灯光！"他叫道。

灯光亮了。他跳起身来，失去了平衡，又站直了，往操作面板上他摸到的第一个按钮猛击了一下。

什么都没发生。他兴奋地用劲按了一下，再按了一下……毫无结果。然后他想到看看操作面板，随后就声音嘶哑地大笑起来。他一直在按"停止"按钮……

他把手指拿开，灯光却消失了。他大叫道："有光，上天有眼啊！"

是他失去理智了吗？那肯定是巡夜人。巡夜人听到他的声音后，会寻找他，先是看到博尔德格力斯的尸体，然后在电梯里发现凶手……

他垂头丧气地靠在电梯厢笼壁上。

他能听到大堂地上回响着脚步声，很远，非常远。"也许他没听到我的叫声……"他倾听着，口干舌燥，往后退缩，身体紧贴在金属厢笼壁上，仿佛真想要陷进墙壁里去。

夜晚寂静，街上再无噪音传来，他甚至能分辨出前门"咣当"一声关上了。直到此刻，他才敢透了口气，呼出一个长长的叹息，似乎掏空了他的胸腔。他的身体缓慢地滑下去，筋疲力尽，精力枯萎，不断抽泣，全身难受。

"好险。"他轻声自语，只有他自己才能听到。他声音嘶哑着大笑起来，这让他感觉好点，笑声持续了好一会儿，他没想止住笑声。然后，他提高了声音,"我想的话,我还能说话!我孤独一人,我想做什么就做什么!"此时他已在高声叫嚷了。

他站起身来,晃着拳头,但突然意识到自己快要失去理智了。他两手掩面,要竭尽全部的意志力,使自己保持头脑清醒。

"来吧,来吧,别紧张,"他对自己说,"别紧张。"

他用袖子擦了一下前额上滴下的汗水。

几点了?他手表的夜光钟面上显示3点钟。凌晨?还是下午?哪一天?哪天夜晚?

他的下巴受伤了,他感到虚弱酸痛,头颈不能转动。他坐了下来,两手抱着双腿,下巴搁在膝盖上。

孤单一人,也许他要死了。

这就是死亡?不得不独自待在你的洞穴里,而当另一个人走过时,还不得不躲藏?不得不拒绝离开你的监禁地,因为害怕被投入另一个监狱?

他捏了一下自己,"不,我还活着,这不是死亡。"

"那么,这就是地狱。"

他呼出了长长的一口气,他的辛酸也随之呼出了。他无法责怪自己,开始责怪起自己的命运来。

命运?命运是属于失败者的。一个人赢了,那是他自己的作为,而当他失败了，他就是命运的工具。

某种能量恢复了。"我造就了自己的命运，我所要做的就是坚持努力，那是一个真正男子汉的标志。"

要是他还有支香烟就好了……

他又陷入睡眠，回到了他的噩梦。

旅行拖车在风中晃动着，车轴发出了"吱吱"的声响。佩德罗心想，这好像是在海上一样。他在床上坐了起来，从窗口望向他最后看到妻子的地方。他小声地咒骂了一句。他不能让她带着她的想法一人独处，不能带着那些想法。愚蠢，要是下雨呢？

他的两腿扭动了几下，脚触到了拖鞋，他便走出去了。在灌木丛边缘，他叫道："杰曼！"

他一手拨开了树枝条，继续前进。但灌木丛太茂密了，以致他的手电光照不远。这里漆黑一片，他永远也找不到她了。他不免泄气了。带刺的灌木丛枝条刺痛了他的脚踝。他大为恼火，猛然之间，他发现自己已经回到公路上，离旅行拖车仅仅十码远。

"你能做些什么？"他嘀咕着，上了旅行拖车。

但他无法入睡。

杰曼醒过来，抖动了一下，身上已被露水打湿了。她做了个梦，同一个梦，从未改变。佩德罗把她关在一个笼子里，他拉着孩子走开了，而她则在叫唤他，并从栅栏中伸出了手。她丈夫大笑着，打了个响指，小孩就消失了。她拿起了手枪……然后就醒了，永远如此。

平时，一旦她醒来，她就转向佩德罗以获得帮助，获得保护。可今夜，他不在身边。

她听到了风声的呼啸，树叶的叹息。头顶上，大自然是鲜活的，在树枝中发出"噼噼啪啪"和"悉悉索索"的声音，似乎是在为她扇风。睡袋装载了她，就像个笼子。她的手枪就在手上，靠近心脏。靠近她身旁的什么地方发出了一个粗糙尖锐的声响，这让她几乎恐惧得尖叫起来。她钻出了睡袋，站着，浑身颤抖，手举着枪。

"谁在那里？"

夜晚保守着夜晚的秘密。她往后靠在一棵树上，两腿发软。一片树叶刺得她痒痒的，她的下巴战栗着，哭泣道："佩德罗……"

弗莱德在高岗顶部停下了雷诺车。他把指关节捏得"啪啪"响，设法强迫自己保持冷静又有效率的心境，这是必要的。但他没成功。

佩德罗又坐了起来，点燃了一支烟。

杰曼透过灌木丛看到远远的地方,闪出微弱、摇曳不定的光亮,很可能是她丈夫的打火机发出的。她开始朝那个方向奔去。但那光亮熄灭了,她只得绕过一个灌木丛。

她继续奔跑着,对自己的恐惧感到愤怒,她的腿在经过荆棘丛时被割裂刺痛。

"车头灯。"弗莱德想道。他"啪"地打开了开关,结果开错了灯。于是他立即关闭了车灯。

杰曼跌跌撞撞地奔上了公路。上次的阵雨后,公路依然潮湿,成了穿越丛林的一条闪亮的灰色伤疤。她身后似乎有什么东西跟随着她移动。她狂暴地扭头看了看,手指扣在手枪扳机上。她晃动得越来越厉害,怒火上升,身体绷紧,如同在囚笼里一般。在高岗顶部,三四百码之外,灯光如两只眼睛似的一亮,却又立即熄灭了。那肯定是佩德罗,他在给她指方向呢。于是,她就朝他奔去。

弗莱德下车走了十来步,不得不停下了。他冷得发抖,尽管他正大汗淋漓。他用库图瓦的雨衣裹住自己,打着寒战想:"我忘记了什么东西……什么东西呢?"就是它了。他奔回车子,从手套箱里取出了他昨天看到的那把左轮枪。手里有了枪，他感到自己似乎能面对整个世界了。他可以用食指旋转手枪，像牛仔一样。不开玩笑，这是认真的。他驻足不走了，因为他听到匆忙的脚步声、喘息声。他颈部的血管"突突"地跳动着，口干舌燥，有什么东西还是什么人向他扑来，喉咙里发出杂乱的声音。假如他能够的话，他真会尖叫起来。

"佩德罗……佩德罗……"那东西呻吟着。

他试图推开它，但它抓住了他的手。他用另一只手猛击出去，那手上握着一把枪。他没再听到呻吟声了，便转身奔跑。"砰"一声，弗莱德感到有什么东西擦过肩膀，一颗子弹在他耳畔呼啸而过。随即，他丧失了理智，开枪了。一枪，两枪。那东西，那个敌人，身体扭曲着倒地了。他站在那里，一阵眩晕。杰曼在地上扭动着，呜咽着："佩德罗……佩德罗……"

"她在说什么？"弗莱德猜测着。

枪声一响，立即把佩德罗从半睡状态中惊醒了。他坐了起来。是杰曼！当第二次枪声传来时，他已经下了车，高声叫道："杰曼！"

他竖起耳朵听了听枪声传来的方向，辨认出一个模糊的静止身形，可当他朝那身形奔去时，那身形转身试图逃离，是杰曼吗？佩德罗被他妻子的身体绊倒了，便抓住了那身体。

"杰曼，是我，亲爱的，放松……"

他不得不奋力行动,她很可能处于突然发作中。

"把枪给我……给我……"

一声巨响,震耳欲聋。起初,他以为她扇了他一个耳光,但随后,他明白了。

"不,杰曼,不!"

手枪又发出了巨响,非常近。什么东西在佩德罗的脑袋里炸了,他的手指僵直了,嘴里几乎含糊不清地说着:"给我……"

第三枪打断了他。他向后倒下了,喉咙里发出"咯咯"声,满嘴流着血……可怜的杰曼,你干了什么啊?现在谁来照顾你?他以为是杰曼的那个阴影,向他弯下身去,哭出声来……我可怜的宝贝……

于连在口袋里找到了一点烟草屑,便用指尖耐心地收集起来,放到了手掌里。他从预约本上撕下一张纸,设法卷成了一支烟,也许稍微细了点,但聊胜于无。

他用打火机点燃,可还没等他吸上一口,那纸就在一股火焰中烧掉了。

无奈付账 归还窃车

旅馆老板的心怦怦直跳,就像青蛙的咽喉一鼓一缩那样。特丽萨在等待他。枕头衬托着她性感迷人的小脸蛋。她透过长长的眼睫毛,嘲弄地端详着他,可他没法确定这意味着什么。她的手指弯曲了一下,示意他靠近点。查尔斯惊得心脏都一连停跳了三次,但他还是遵从了。

他唐突地把毯子从女孩的身上掀开。该死的玛蒂尔德!为什么她总是给住客盖上三十六条毯子?

特丽萨的目光变得更有嘲讽意味了。她躺着不动。查尔斯在床边坐了下来。她美丽动人。于是,他匆忙而又粗鲁地掀开了第二条毯子,发现还有第三条。她笑着直瞪着他,他便用手掌压住她的嘴,让她闭嘴。

他用另一只手的大拇指朝隔墙指了指，他妻子就在隔墙后的房间里睡觉。特丽萨以"咯咯"的笑声作答，随后，她再也无法控制自己，自行把几条毯子掀掉了。他们两人一阵狂热，床开始在他们身下跳动着，他们被一堆毯子缠绕在一起，难以摆脱，反而尽力挤成一团，古老的亚当在他们中间复活了。一阵胜利的战栗传遍了他的全身，他意识到最后一层面纱即将撕破。在此之下，是特丽萨的身体。这是最后的障碍了，他的手指蜷曲起来，抓住了毯子的绣花边缘，手指关节"啪啪"作响，好似步枪射击。此刻，玛蒂尔德在呼叫他了，她的声音既遥远又贴近："查尔斯！查尔斯！"

他拼命地摇了摇脑袋。

"别碰我！"

特丽萨对他咧嘴嘲笑，说："嗯，蠢货，怎么样了？"

他大吃一惊，睁开了眼睛，倒在自己的枕头上，筋疲力尽，沮丧无比。玛蒂尔德正扶着他的肩，摇晃他，重复了一句："嗯，蠢货，怎么样了？"

他费劲地咽了口唾沫，依然对此现实心有不甘。

"老天啊，"他抱怨道，"你想要干什么……"

他用汗水津津的手揉了揉眼睛，厚厚的舌头舔了舔干燥的嘴唇，一阵暴怒，叫道："究竟发生了什么事？哪里失火了？"

玛蒂尔德耸了耸肩。

"他回来了。"

"谁,谁回来了?"

"那个男孩,于连·库图瓦,或者不管叫什么名字的家伙。你没听到吗?"

他能听到。他竖起耳朵,能听到墙外的引擎声。此刻,他真的暴怒了。

"那又怎样?我究竟在乎什么?你不能让我睡觉?"

玛蒂尔德疲倦地摇摇头。

"这次就注意点吧。你那个男孩开车进来时就像是轰进来一颗加农炮弹,高速行驶,然后就让引擎开着不关。听明白了吗?"

"没有。"

他妻子发牢骚了。

"注意点。我赌上一夜的睡眠,他回来接他的小女友……偷偷地干。对吗?现在你明白了吗?好吧,留点心眼。"

查尔斯深深地叹了口气。每当玛蒂尔德有了这种想法后……他感到悲哀,穿上了裤子。

特丽萨还睡意犹浓,摇摇晃晃,穿起了衣服。她套上了裙子。弗莱德总是喜欢看她穿衣,但今夜,他凝视着窗外,打量着景色,甚至都没注意她。

"快点!"他吼道。

"我会快的，我会快的，"她说着，极力扣上裙子的扣子，"可我不明白……"

"有一天你会明白，总有一天你会的。"

他走过来帮她套上了毛线衫，甚至都没看她一眼。

"他怎么啦？"她心中暗想。然后，她回想起了昨晚的事。"对了，我们吵架了。"但她不再生气了。

"快到凌晨四点了！"他气哼哼地说，"但你一点也不担心。我们手里有辆最新款式的汽车，嗯？但那也不是你该担心的。那是我担心的事，因为在我所有其他的麻烦事上，我还得做一切事，脑袋里得记住一切事。我们必须在天亮之前，赶到城里，扔掉汽车，明白了吗？"

她明白了。这比他之前干的事好一点。

"我们在这里如何付账呢？"

"这不是你要担心的问题，是我的问题。你所要做的就是动作快点，傻瓜。"

特丽萨赤脚伸进了平底鞋。

"我准备好了。"

弗莱德攥住她，把她拉到一边。走廊里静悄悄的，很好。他拉着她下了楼梯。他们踮起脚尖走下去，穿过大堂，绕过了在黑暗中闪着暗光的亮光漆椅子。特丽萨害怕得口干舌燥，如果人们醒着……那又是一个丑闻。

她正要跟随弗莱德走进花园,玛蒂尔德的声音响起来了,把她钉在原地无法挪步。

"不,我的小朋友们,不是今夜。要逃避我们的话,你们真得早点起床。我们周末收费五千法郎,如果你们不介意的话。"

特丽萨正要承认这一切,弗莱德的手在她肩头拉了一下,迫使她闭嘴。他确实想到了一切,她暗想。

"五千法郎?"弗莱德用假嗓子抱怨道。

特丽萨只是手掌合拢,祷告道:"上帝,上帝,让他有钱吧。"

"……每人!"查尔斯也在。

弗莱德正站在花园里,就在门外。黑暗中,老板夫妇还是无法看清他的脸。但他们能看到他伸手在口袋里,摸索着什么。"他疯了,"特丽萨心想,"他没法这样糊弄他们的。"她坚定地认为麻烦事会降临,所以,她对奇迹也不感到惊奇。她的情人抽出一张皱巴巴的一万法郎纸币,递给了她。她转交给玛蒂尔德,后者猛扑上来,就像一只鸟扑向一条虫子似的。

"客房服务另外收费。"她说。

弗莱德再次伸手进口袋,拿出了什么东西:一卷钞票?那么多?他转过身去,不让她看到。他从那卷钞票中取出两千法郎,又用相同的方式送了过去,然后把其余的钱放回口袋里。

"再见。"玛蒂尔德说着,态度令人讨厌。

查尔斯觉得那样有点不太专业,于是就在他们走下小径时,对他们叫道:"欢迎下次再来,这里永远欢迎你们。"

大门"砰"地关上了,她转向了他。

"你可真是个老情人了,对吗?看一眼那女孩的小屁股,你就眼花缭乱了。他们可是能让我们破产的,你才不会管呢。"

他从她手里抽出了钱,在她鼻子下晃了晃。

"你有什么好抱怨的?他们付过账了,是吗?所以呢?"

她想不出如何回答才好,他就采取了攻势。

"我们究竟还要在黑暗中等什么?开灯吧,我们在这密谋策划还是怎么的?"

他没再等待,扭头就走回大堂了。灯亮时他正走到镜子前面。那是个什么样的景象啊!一个肮脏的老头,裤子纽扣上下扣错,羊毛内衣豁开了,露出雪白的胸脯。

"真漂亮。"玛蒂尔德窃笑道。

"你自己呢?"他说道,"你是什么美女?还有你那两个假冒身份逃账的小朋友。"

玛蒂尔德叹了一口气。

"噢，要是你能看看自己就好了……"她说。

"我在看自己呢。"他说。

随后他大笑起来，伸手在他妻子臀部重重地拍了一下，搂着她的腰，拉她转向了镜子。

"可爱的一对，嗯？"

他的手开始上下移动，玛蒂尔德装模作样地抗拒了一下："来吧，嗯，来吧……"

"你来啊，"他说，"重要的是你太老了，不能……"

"不能什么？"

"……不，不，你依然足够年轻，能……"

"比如说？"

慢慢地，手挽着手，他们边笑，边回到了房间里。大堂里空无一人，但灯光依旧。然后，查尔斯又出现了，穿着长袖睡衣，嘀咕着："总是我！"

他关掉了灯，奔回他妻子身边去了。

在西向公路上，红色雷诺车朝着巴黎，以一百英里的时速奔驰着。

"求求你，弗莱德，别开那么快，"特丽萨说道，"我吓坏了。"

"如果警方抓到我们正开着这辆最新款车子，你会被吓得更厉害的。"他说道。

他俯身伏在方向盘上,试图透过夜幕看清前方。

"这样的车速可是招引摩托车警察拦下来的最好方式。"她说。

他没回答,但稍微降了点车速。"你去看你父亲了吗?"她问道。

"老爸?为什么?什么时候?"

"哎呀……就是刚才,你外出不在的时候。"

"啊……你不是睡着了吗?"

"他给你钱去支付旅馆账单?"

"他?你绝对是……"

那后面的话没说出口。他的前额皱得就像一架手风琴似的。过了一会儿,他紧张地说:"嗯,是的。我见到了老先生,把整个事情告诉了他,他给了我十……我是说十五张大钞。"

他想看看她,却又要看路,补充了一句:"十张一万和五张一千。"

一阵沉默,还是特丽萨打破了沉默。"你也对他谈起我们的事了吗?"

他在座位上扭动了一下。

"好家伙,瞧他那张脸,半夜三更被吵醒的脸就是那样。你没看到那景象。他哽咽着,只是给了我钱,没有争论,什么话都没说。"

他无法完美了结此事,他的心思不在这上面。可特丽萨却盯着这一点:"那么他现在知道了吗?"

"知道什么?"他大声叫道。

"你和我的事。"

他没回答,身体扭动着,头转了几下,他无法忍受她盯着他看的样子,那看起来就像要把他的灵魂给剥出来,他害怕多说一个字,真相就会败露,而真相本身已经沉重得让他难以独自承受……

"那么,我究竟该拿这辆车怎么办,嗯?"

他们快速开进了一个隧道,另一端就是圣克卢桥。他们离巴黎近了。

"我不知道,"特丽萨说道,"我总觉得还是放在我们发现它的地方为好。"

弗莱德连忙点点头。

"不错……不错……"

有点什么不对劲,她感觉到。于是,她便靠近了他。她感到他全身颤抖。他很感激她给予他温暖。

"别为这辆车哭泣……我会给你再买一辆……你等着瞧。"

他已经如此对他父亲说过了,但他不想承认,他那疯狂的自尊心。她在黑暗中笑了。但他为什么抖得那么厉害?她想问问他,不过又决定不问了。弗莱德的肩膀下垂,仿佛是被疲倦压倒了。他似乎在不断地打嗝。一辆卡车快速经过,车灯照亮了汽车的内部,他在哭。

"弗莱德,怎么啦?"

"没什么……我……我需要睡一会儿,就这样。"

她心里为他哭泣，他说话时声音颤抖，像个孩子似的，她之前从来没听到过他这样说话。

"我们扔掉车子后，你就躺下来，休息一会儿吧。"

"哪里？我能去哪里？"

"去我那里。"她说道，觉得十分惊讶。

"谢谢，特丽萨，可以的，可以的……"

他把车暂停了一下，拥抱着她，抱得紧紧的，嘀咕着："别离开我……我需要你……"

"可我也需要你，弗莱德……我需要一个男子汉……"

"男子汉？"他叫道，"我还不算个男子汉？我没给你弄来钱吗？"他的嗓音嘶哑。

"是的，弗莱德，是的……"

昨晚的争吵肯定是真的让他心烦意乱了。

"弗莱德，对不起，我说了那些话……我不是有意的，你知道。"

他把嘴巴埋在她的肩窝里，她几乎听不清他的话……

"永远不要……永远不要把一个男人逼得太紧……永远不要。"

"不会的，亲爱的……我永远不会再这样了……"

他抚摸着她的脸颊，什么东西刮到她了。是手表，他戴在手腕上的手表。她惊骇了。

"弗莱德！你拿了你父亲的手表！啊，不会吧！"

他的反应让她非常惊诧。

"我老爸算什么！你又算什么！别再问我这类愚蠢问题，我受够了，听到了吗？受够了！"

他粗暴地发动了车，挂上排挡。车子快得就像龙卷风似的。她不敢说话了。也许因为她已经明白，他做出了决定，只是尚未意识到而已。

雷诺车拐进了凡尔赛大道。

周一来临 脱身出楼

灯泡亮了。这次，灯光在于连的脑袋里也迸发出了亮光。他跳了起来，眼花缭乱，喘不过气来，用手肘遮住了眼睛，完全无法动弹。难道又是巡夜人？他不由自主地看了看手表：5∶30。这意味着什么？三十六小时后又活过来了，他无法相信会是这样的，太突然了。

他太阳穴里的血管跳动着，他的思绪犹如飘浮在雾里的碎片，但有一个想法突然变得清晰了：看门人，或者清洁女工，他们会按电梯按钮的，他们会发现他的……决不能让他们看到他！

他有点胆怯，仿佛是挑战命运一般，按下了"12"的按钮。自然而然，平稳无声，实实在在，电梯上升了。

电梯停在十二楼。他不敢走出电梯,这好像太容易了,肯定在哪里有个陷阱。哪里?不,没人,肯定没人会怀疑他和一具尸体关在同一幢楼里,度过了三十六小时。

他抬起了电梯厢笼地上的油毡布,检查了活门的螺丝,用他的小折刀拧紧了昨晚在黑夜中拧开的螺丝。刀片突然折断,刀尖飞到什么地方去了。于是,他就花费了宝贵的几分钟时间找到它,放进自己的口袋里。油毡布又恢复原位,完全平整。还剩下他的指纹。他掏出手帕,在控制面板、地上和电梯门上全部擦拭了一番。他用脚尖把掉在电梯门边他原本想抽的烟草碎屑推进凹槽里。清洁工会用真空吸尘器把一切都吸一下,然后用潮湿的抹布擦一遍的,但安全一点总比留下遗憾好。

他用劲拍拍外套,如果碰巧遇到什么人时,就不会看上去太脏了。然后,他竖起耳朵听了听,寂静无声。他缓慢地、小心翼翼地不让轴承发出"吱吱"声,轻轻地拉开了电梯门,外面没人。他拿起公文包,走了几步,一下子为重获自由而眩晕了一下。他再侧耳听了听,什么声音都没有。他奔向了自己的办公室。

窗户依然半开着,一如他离开时那样。他把公文包往地上一扔,把窗户开大点,探身出去。清晨的阳光虽然微弱,却依然刺眼。他勉强能看到那条绳索,就悬挂在他的左侧。他虚弱地咧嘴一笑,这就是了,没人看到,也没人来取下它,更没人知道,他赢了。

他朝绳索伸出手，攥住它，猛拉了一下……纹丝不动。来吧，他把身体更多地探出去，腹部压在窗台上，攥住绳索，绷紧着拉离墙面，随后用力一抖，挂钩就轻轻地飞落下来了，他用另一只手接住了挂钩，以防它掉在窗台上弹起来。

他爬回房间，把窗户拉到原先的位置。他兴奋地把绳索绕在挂钩上，随后弯腰打开公文包，放了进去，再关上公文包。但他依然弯着腰，一阵剧烈的抽搐使他直不起身来。他用力压着腹部，拼命克制住叫出声来的冲动。

一阵疲倦的脚步声在外面的走廊里响起，促使他快速直起身体。他瞪着眼，一动不动，听着脚步声越来越近。在最后一分钟，他冲向房门，上了锁。也就在最后一分钟，那脚步声在他办公室门前停住了。

他屏息敛声，紧贴墙壁。门把手发出了声响，他的痛苦消失了，危险治愈了疼痛。门把手又响了一下，然后"咔哒"一声，外面的人在向内推门。他从来没想过换个门锁，这锁太脆弱了，经受不住持续稳定的冲击力。门把手被反复扭动着，门外人全身压在门上用劲推。

"在找什么东西吗？"清洁女工的声音叫道。

"说老实话，我也不知道……"

原来是艾伯特！他想干什么？清洁女工大笑起来。

"哎呀，你总是打趣，艾伯特先生。"

"我可没有,"艾伯特说道,"我年纪大了,见过不少事情。今天早晨进来时,我可以发誓,我看到了一个租客的车,我觉得该查一下他在不在这里。你知道我的意思吗?星期六夜晚他离开时我亲眼看到的。"

"那没什么,"女工说道,"他可能今天一清早就进来了。"

"他不是这种人,"看门人说,"所有的大门都锁着,他怎么进来?"

他们离开了,于连听到他们的声音渐渐远去。

"你在找我?"看门人问。

"是的,我想知道那几个油漆工是不是干完了。"

"嗯哼,需要清扫一下吧?"

"对,然后我们就会从那里开始,我和那些姑娘们。那里肯定有大量的灰尘和垃圾。"

于连没听清最后的几句话。他紧张地搓搓手。很好,那就清除了最后的痕迹,他拖着脚在满是灰尘的地上走过的脚印。老天直接出手帮他的忙了。他又用手按住了腹部,那里又疼起来了。

他慢慢地回到办公桌,从抽屉里拿出一个小瓶子,倒出了一片药,放进嘴里,但无法下咽。他走向盥洗室取水。水槽上方的镜子里映出了他的脸,满脸肮脏的须茬,两眼凹陷,眼圈发黑,像个歹徒。他的外衣上满是污斑,他拿出衣服刷子,把污斑刷掉了。外衣前面还行,但衬衫上的油迹刷不掉。他脱下外衣,抖了几下,灰尘掉下来了,就像踩平磨损的地毯屑。他可不能穿着那样的外衣被人看到。所以,他把外衣挂在衣架上,在备忘录本子上潦草地写了一个便条:"丹妮丝,帮个忙,在我回来前,把我的外衣送去洗衣店……"

他迟疑了一下。他的秘书必须得确信他是在星期六夜晚写的这张便条,所以他又加了一句。

"周末应该气候温和,我可以穿车上的雨衣。"

他把便条用针别在外衣上,拿起了公文包,他根本不可能再忘记了,然后离开了。

他走向电梯,随即改变了主意,这太危险了。他转身走向楼梯。他能听到楼梯井里的脚步声、说话声,清洁女工们在新油漆好的办公室里打扫。他踮着脚尖,匆忙地沿着一段段的楼梯,快速地往下走。女工们的声音依然飘了下来,她们的叫声盖过了真空吸尘器的噪音。

他走到三楼时,一声尖叫在楼梯井里回响起来。博尔德格力斯!他抓紧了楼梯扶手,以免惊慌。

看门人的声音从底下传了上来。

"出什么事了?"

一个女工在十三楼回答了他。

"快来,艾伯特先生!"

"怎么啦?"

"发生了可怕的事情！"

真空吸尘器停了。楼上，叫声、交谈声响成一片。楼下，艾伯特在咒骂清洁女工们把电梯升到楼上去了。电梯又下来了，几乎听不到咕噜声。

于连暗自庆幸没有乘电梯。他等待着，腹部剧痛，下巴抽动。

电梯刚到底楼，又上升了。艾伯特上去了。通道无人，于连逃命去了。

他冲到街上，离他的车子仅几步之遥，在拐角的咖啡馆，他停下了脚步，异常恐惧。在他面前，就在人行道上，有人用粉笔涂写了一英尺半的大字：

上帝在寻找你！

他弯下腰来，颤抖着读到了一行小字。在救世军的呼吁下面，某个流浪汉写下了：

我在拐角的酒吧里。

于连笑不出来。他的下巴震颤着，时不时地抽搐一下，他屏息凝神，检查了一切东西，然后钻进方向盘后的座位。

绳子？……公文包。

博尔德格力斯？……自杀。

电梯？……没留痕迹。

指纹？……各处都擦拭过了。

外衣？……洗衣店。

在清晨阴冷的空气中，他冷得哆嗦，便伸手取出雨衣，穿在身上，发动了汽车。

随着飞机起飞般的轰鸣声，他先挂了第一挡，右转，然后，他摇摇头，再次转向左边，结果发现自己又回到了那行大字的前面：

上帝在寻找你！

于连耸了耸肩，他得离开这幢该死的大楼！他的脚猛踩油门。他快要转过街道了，但在最后一分钟他拐了个弯，朝豪斯曼大道冲了下去。

到了黎塞留－德鲁澳特，他意识到方向错了，便掉头慢慢地开回去，绕了一大圈，避开了他办公室所在的大楼。幸运的是，此时的大街依然空旷。他紧紧握住方向盘，以免两手颤抖。

厘清恶行 忏悔自杀

让娜翻了个身,在铃响第一声时就拿起了电话,仿佛她根本没睡似的。

"喂?……是吗?"

她丈夫也翻了个身,揉揉眼睛,嘶哑着声音问:"谁啊?"

她耸了耸肩,摇摇头,她不知道。

"你找谁,先生?"

乔治俯下身去,一把从她手里夺过电话,对着话筒叫道:"你究竟是谁?在这个时候吵醒人,现在才……"

听筒里传来一阵"吱吱喳喳"的声音,乔治惊掉了下巴。让娜碰了碰他的手臂。

"坏消息？"她问道。

"是吉夫拉尔？"乔治对着听筒问道，"你有什么事？"

"什么事，乔治，坏消息？有关于连？"

他挥手让她安静。他此刻完全清醒了，仔细听着。

"瞧，老兄，"他最后说道，"你在试图告诉我，你把我从熟睡中叫醒，就是为了问问在我这里有没有新的情况吗？"

"当然，"吉夫拉尔回答说，"必须得随时核查情况，嗯？"

"他们找到他了！"让娜说。

他把手遮住听筒送话口，厉声对她说："你让我听电话！不，他们还没找到他。喂！难道你不能等到合适的时候再来核查情况吗？"

"哦，我还能干什么？他们也把我从床上拉起来了。"

"那真是个该死的理由……哈？他们把你从床上拉起来了？为什么？"

"我就知道，我就知道，"让娜抱怨道，"他们已经找到他了，但他们不会告诉你。"

"你是什么意思，他们把你从床上拉起来了？"

"没什么，没什么。那是关于另一个案件的，没什么重要……"

乔治转向他妻子，使使眼色，动动肩膀，努努下巴：嗯，你看到了吧？

"他在欺骗你，"她说道，"我敢肯定，他是从停尸间里打来的电话。"

问问他，问问他吧。"

乔治的脸扭成一团："看在上帝的分上，让娜，我听不清一句话了……不，我在和我妻子说。好，听着，吉夫拉尔，现在情况如何？"

"没什么，根本没什么情况，儒尔利安先生。我只是想了解库图瓦有没有露面，就这样。哦，库图瓦太太还在你那里吗？"

"是的，她在……等一会儿……"

他把让娜推下了床。

"去看看热纳维埃夫还在她房间里吗？快点。"

她顺从了，紧张地找起拖鞋来，同时穿上了睡袍。她在走廊里遇到了女佣。

"出什么事了，夫人？"

"没事。库图瓦太太还没离开，对吗？"

"我不知道……"

让娜打开了房门，热纳维埃夫平静地睡着，毯子拉到了下巴。

"恶心！"让娜嘀咕着，"她是这屋里唯一能入睡的人。"

她几乎要猛地关上门，但注意到女佣在看着她，便笑了笑。

回到卧室，她发现她丈夫还在和警察争辩："嗯，等一下，督察，我没有听懂你……"

吉夫拉尔又说了一遍。

"你掌握着那些笔记本,也就是库图瓦的秘密账本,是吗?"

"是的……"

"你依然计划要对你妹夫提起诉讼,对吗?"

"当然……"

"哦,你不必麻烦了。我派个人马上来取走这些账本。多尔马勒,你不会忘记这个名字吧?多尔马勒。"

"多尔马勒,是的,但我不明白……"他看到让娜在床脚边,"啊,是我妻子。她能告诉我们库图瓦太太是否依然在睡觉。"

让娜耸了耸肩。

"肯定,她正酣然大睡呢。"

"你瞧,正如我告诉你的,督察,她在睡觉,根本就没有离开公寓。现在你能否解释一下……"

"谢谢。"吉夫拉尔说。

"喂,喂?"

乔治两眼直愣愣地看着电话听筒,吃惊得张大了嘴巴。

"你能想象吗?他居然就这么挂了电话。"

"他在隐瞒什么事。"让娜说了句,回到床上去了。

"他有什么好隐瞒的?难道发现库图瓦躺在停尸间了?那么他也不需要那些账本了。"

"什么账本？"

"库图瓦的账本。我应该要交给某个侦探，他马上会来取。"

"还在想着要毁掉你妹夫吗？"

乔治两手举起，举得很高，仿佛是要创造一个举手记录。

"我不知道，亲爱的，我能对你说什么呢？"

让娜马上就转过身去，但依然克制着她的说话声……

"不管怎么说，"她说道，"假如他发现了什么，他不会给你打电话问有没有新的情况。"

乔治咳嗽了几下。

"也许吧。我们再睡会儿，时间还早呢。"

他把毯子拉到了肩膀上面，又翻来覆去地长吁短叹。

"那么，他为什么要打电话来？"让娜问道。

"我怎么知道？他就喜欢把人吵醒。"

"我不在房间时，他没说什么吗？"

"没什么新鲜事。你已经听到了我知道的一切。不管怎么说，我不在意，只要他们能逮到那只偷偷摸摸的小耗子就行。"

"对，因为都是他的错，是吗？不可能是你那个单纯小妹的错。她没把他逼得走投无路。她没有逼他，缠着他要钱，直到他陷入麻烦事里。但整个世界不得不变得黑白颠倒，就因为那只抽着鼻子假笑的小母狗，而于连，真的不会比其他人更坏，现在警方却去追踪他了，好像他是个惯偷！"

"他就是这样的人！如果你知道他是如何把我当成……"

"啊，好了，别再这么说了！当我想到她，那是他自己的妻子，声称那么爱他，却连考虑都不考虑就把他的账本给你了……她真丢脸。"

乔治惊讶地看着她。

"但是……她对你干了什么？"

"对我，什么都没有。但是对我们，对于连，就不一样了。"

"这可怜的孩子不知道该如何度过她的一生，就是这样。"

"这可怜的孩子不知道该如何度过她的一生，但她知道如何确保没人能好好度过一生，除非他们都围着她团团转，只关注她一人，假如整个世界崩塌了，她想绝对确保只会崩塌在她的周围！"

他正要反驳这一点，可她严厉地让他闭嘴："来吧，快睡吧。不值得争论。"他听从了她的决定。每当她显出那副神色，使用那种口吻，他总是会听从她。他们背对着背，强迫自己平静地呼吸。

"你睡着了吗？"过了一会儿，他轻轻地问。

她没回答，但她的眼睛睁大了。

弗莱德开始轻轻地打鼾了。

特丽萨手枕在脑后,眼瞪着她这小房间的天花板。上面有好几处剥落了。她叹了口气。她喜欢这个房间。每个角落都精心布置过了,充满着穷人的才智和情感,弗莱德为此还取笑了她一番。房间里的一切都是干净、整洁、井然有序的。坐卧两用的长沙发靠墙放着,小厨间里,白色木桌上放着一个煤气灶环,水槽上有个小水龙头,斜屋顶的风洞上有扇窗户,还有她的那些花……

书架上曾经放过二十多本书,可如今只有两大卷的《简明牛津词典》。弗莱德曾在过去某个时候决定写一本法语和英语的比较研究专著,但只写了个题目:《绅士们约定的语言》。

特丽萨不太肯定为什么,但她觉得自己是在最后一次看看她的房间。

"他没有时间去巴黎,去看了他父亲后再返回。他骗了我。"

他父亲肯定不会有好心情给他一块金表。那块金表就放在床头柜上,就像是异教徒放在神座上的偶像一样。

有件事情让她震惊。他说他父亲给了他十张一万法郎的钞票、五张一千法郎的钞票,但他那时手里拿着的那卷钞票要比这多得多了。

她半坐起,支着一只手肘,看着他沉睡的模样。他显然处于痛苦之中,嘴唇张开着,仿佛是在乞求饶恕,他的眼睑紧紧关闭,就像在现实中愤怒地狠狠拉下的百叶窗。她转动身体,把手伸到床边椅子上弗莱德的那件夹克衫上,在衣服口袋里搜查了一番。有个皮夹子,弗莱德没有这东西。他父亲给他的礼物？说到底，为什么不呢？

她正要放回去，随即又停住了。

这是一只普通的皮夹子，中间是玻璃纸袋。她认出了其中的一张照片。"你看，我说对了吧。"弗莱德会这么说。

她知道自己期待的就是这个结果。那个开旅行拖车的男人和他的妻子。她毫不惊奇。自从他们离开旅馆后，她就知道了。

"弗莱德！"她轻声说，声音里充满了责备。

他在睡梦中呜咽着，就像一只做噩梦的小狗似的。她放回了皮夹子，两手紧合，浑身颤抖着。随后，她把脚伸出了床边，她的手伸进了他的裤子口袋，拉出了那卷钱币。有许多一万法郎的纸币。她哭了，没感到有什么特别，用指背擦着眼泪，她属于那种单纯的人，生活中的悲剧从来不会突然降临，因为"这一切都太美好了，不可能维持下去，注定要以这种方式结束"。

"你在忙什么？"弗莱德问道，口齿不清，眼睛都没睁开。

"没事，睡吧，亲爱的，睡吧……"

他翻了个身，背对着她，随后又开始打鼾了。

特丽萨拿起了金表。那是一块高级瑞士表。在金表背后有一行细小的文字：佩德罗惠存，你的杰曼赠。她的胃在翻腾，便奔到水槽边呕吐起来。什么都没吐出来。

她只穿着一条长衬裙，清晨的空气阴冷，可她依然浑身流汗。她试图好好想想，便把头埋在手里。她手里依然拿着手表，但她对手表的滴答声充耳不闻。她透过打开的窗口看到了屋顶。于是,她弯起手臂，尽可能远地扔出了手表，使它远离她想保护的男孩。手表砸在窗台上，蹦跳起来，直接往下掉在街上了。

在凛冽的冷风中,她探身出去,下面的鹅卵石街面上什么都看不到。

她悄悄地行动，为了不惊醒弗莱德。她非常镇静地划了一根火柴，点燃了煤气灯。蓝色的小火焰在灰蒙蒙的晨光里跳跃着。特丽萨拿起了一只盘子，它"叮当"一声碰到了旁边晾干的碟子。她转头一看，弗莱德依然酣睡着。

她不知道自己已经做出了一个决定。

她两张三张地拿起纸币，点燃了，放在盘子里逐一焚烧着。尽管她太需要钱了，可她在烧毁这些钱时没有感到丝毫后悔。接着，她又烧掉了皮夹子和其中的一切东西。烧皮革花了好长的时间才点着火，玻璃纸倒是容易烧掉。

她手端着盘子，走出去，进入黑暗无人的过道，走到楼梯平台处的盥洗室，关上门，上了门闩，往抽水马桶里倒空了灰烬，拉了一下抽水链条。她快要晕倒了，周围的一切都围绕着她在旋转，她把脑袋倚靠在磨砂玻璃门上，轻轻抚摸着自己的身体，哭了："现在还不行，我的小心肝……很快就结束了。"

她回到房间后,把盘子冲洗干净,仔细揩干,放在一边。寒冷的空气把她的手冻僵了,她就在煤气灶环上烤火取暖。间歇中,她又抚摸起腹中的胎儿,极其温柔地对它说道:"我想你不太幸运,是吗?但你很可能永远不会有你自己的爸爸了,你要知道……也许会有一个大哥哥,智力有点弱……"

她关了火,但她的手依然放在把柄上。

她朝周围看了一下,心知她又打开了煤气,因为她听到燃烧器里发出了柔和的"嘶嘶"声。她的目光转向那一个个小黑孔,从中冒出无色无味的死亡气体,进入了房间。冷漠的死亡。她的头脑和内心有某种想法试图苏醒,而她却无法确定那究竟是喜悦还是悲凉。

她挣脱了这种想法,上了床。

弗莱德!她轻轻地拉开了毯子,用自己的嘴唇吻遍了他的胸口。他没有动。她依然赤着脚,咧开嘴笑着品尝被禁止的食品,就像个小孩似的,她在壁橱里三条床单下面找到了一本书:波德莱尔的诗歌,《恶之花》。要是弗莱德正好抓到她在阅读那种"幼稚的垃圾文字",他会勃然大怒的。

她手里拿着书,在弗莱德身边躺下了,一副心满意足的神色。

她躺了一会儿,随后,意识到窗户开着,便耸耸肩,急忙奔过去关上窗。弗莱德动了一下,嘴里咕哝着:"还没有完结?"

"不,亲爱的,完结了。一切都完结了。"

她又躺下了,用枕头支撑起身体,宛如一位新生儿的母亲在等待着朋友和家人来访探望。她的来访者是死神。她把书翻到第224页,她已熟记在心了。

她的唇上飘过一丝微笑,两个诗题相对,"情侣之死"和"穷人之死"。在此之上是这个章节的题目:"死亡"。

她张开了嘴巴本能地呼吸着,随即暗自大笑:愚蠢!她读着:

> 我们将拥有睡床,沉浸在芬芳气味之中。
> 长沙发犹如墓穴一样幽深,
> 而在一层层的架子上,
> 奇花异卉盛开在美丽的天空之下。

她的目光跳跃到另一页上:

> 正是一位天使,以其充满磁力的双手,
> 捧出睡意与令人入迷的美梦,
> 为贫穷而赤裸的人们铺就了睡床……

"贫穷而赤裸……"她轻轻地重复着。

她掀开了床单,爱抚着弗莱德的身体,吃惊地发现自己依然穿着长衬裙,便掀起衬裙,从头部脱了下来。她感觉到有点轻微的恶心,并且疲倦……

"我的天哪,那块手表……"

但这想法一闪而过。在这降临于她的巨大阴影下,一切都无足轻重了……那阴影消隐了所有的一切……甚至断头台的阴影。

书滑落在特丽萨两个膝盖之间。

她俯身面向弗莱德,拥抱着他。情侣和孩子在她心里融为一体。他的身体散发出柔和的温暖,单纯而又永恒,超越了欲望。半是无意识地,他咕哝着什么,她摇晃着他,吻着他的头发。

"睡吧,我亲爱的。别怕,妈妈已经照料好了一切,没人会知道,没人会知道任何事……任何事……"

她尽力地大叫道:"任何事!"她嘴里没发出一个音,但她再也不知道了。

在静悄悄的清晨,嘶嘶作响的煤气充满了整个房间。

罪证销毁 警探恭候

  他在绕圈行驶,如他计划的那样,沿着塞纳河岸行驶了一阵。于连随意找个地方停了车,此时此地,那些被社会抛弃的人已经在阳光下醒来,走了出来。那里没有渔民,没有情侣。他步态摇晃地奔到河堤矮护墙边,把公文包扔得尽可能的远。公文包飞过了河堤下的步道,掉入河水之中,自然而然地溅起了一阵水花,消失了。他四顾左右,没人。再看看河面上,什么都没有了,没有任何漂浮物,钢制的挂钩重量带着公文包沉下去了。如此这般,最后的证据沉到河底了。他回到车上,因为过于虚弱,过于紧张,并没感到宽慰。他开着车,拼命强迫自己睁大眼睛,集中注意力。

然后,在第五乔治大道的尽头,他遇到了一个红灯,拼命地刹了车。汽车尽管有减震器,还是晃动不已,他感到心口一阵疼痛。

一个警察转头看看哪来的刺耳的轮胎摩擦声。于连把嘴唇都咬破出血了。"快点,"他对自己说,"这只是个测试,别担心。没人知道出了什么事。"

警察笑着朝他走来。于连的下巴开始疼起来,还在颤抖。

"遇到什么麻烦事了,先生,还没有睡醒?"

"是……是起床太早了,嗯?"

"并且还那么匆忙。你甚至没刮刮胡子……好吧,我们还没有这方面的法律规定。"

交通灯变绿了。戴着警帽的男子挥挥手,让于连继续开过去,但于连的两手无法配合,齿轮箱剧烈地抖动着。

"嗨,嗨,放松点,"警察笑道,"别因为一点小错毁了车子,明白吗?"

"我……我要去赶火车,"于连语无伦次地说道,"所以……"

警察没在听他。他在附近的报摊上看了一眼早报上的大标题。变速杆自动调整好了,车子就向前一冲,又停下了。

"他还没睡醒呢。"警察对报摊后的售报女人说。她正在往手指上哈着热气暖手。

"今天比昨天冷了,"她回答说,"我在想怎么会有人干这事的。"

她指指放在最上面的那份报纸……首页上有个方框:新闻简报:"两个露营者遇害""凶手在逃"。

"看到了吗?"

警察"啧啧"两声,摇摇头。那女人说:"他们脑袋不知怎么想的……这个季节去露营!"

"嗯啊,昨天天气不算糟糕,不管怎么说吧,那是日历晚了,倒不是露营者早了。"

"嗯,这里说凶手在逃。"

警察朝她挥了挥一只戴着白手套的手,让她放心。

"别担心,他逃不了多久的。我们都是长了眼睛的。"

他慢慢走回他的岗哨,就在阿尔玛广场的拐角口。那辆红色的雷诺还在,停在大桥上桥处。他听到加速器轰鸣得就像一头痛苦的牛一样。于是,他便走向于连。

于连从后视镜里看到了警察。他浑身打了个寒战。"还在测试,打起精神来。如果你通过了,你就得到了拯救。"他对自己说。

警察走向他。

"好了,瞧,别这么做,你会淹了你的汽化器的。"

于连听从了他的指导。"他不知道,没人知道。"他静静地在心里重复道。

"挂第二挡，"警察说，"我帮你推一下。"

"好……好，告诉我什么时候发动……"

"走吧……"

警察正要绕到汽车后面，皱了皱眉，转向于连说："我说，你很紧张，对吗？这是你第二次停下了，有驾照吗？"

"我当然有。"

"给我看看。"

他似乎突然产生怀疑了，并且态度严肃。于连一阵手忙脚乱，在衣服里匆忙找了一下，拿出了驾照。警察眼神严厉地仔细看了看。于连紧张得咬起指甲来。

"好吧。"警察把驾照还给了他，"肯定是汽化器的问题。"

于连不敢透气。

"那么，我们再来一次吧，"警察又说，"挂二挡，我跟你说，你就发动。"

他把白色的交通指挥棒往腋下一塞，全身力气都放在车身上用劲。车轮慢慢转动了，警察推动着，喘着气。快到大桥中部时，他叫道："好，发动！"

红色雷诺打了个嗝，喷出一团蓝烟。警察站在大桥中部，拿出一条手帕擦手。

"是汽化器，对吗？"他叫道。

但汽车保持着高速离去了。警察手插在腰部。

"别客气，不用谢，我得说。"他说。

在莫利托街的公寓房外，吉夫拉尔尽量藏身在一根支柱后。他感觉很冷，诅咒着自己的这个职业。此刻，他听到一辆车停下了，便把熄灭的烟头一扔。一辆红色的雷诺车，这就是了。他核对了一下车牌号码，感到很满意。

一个男人匆匆走下车，从他身旁经过时，朝他快速地投去了惊愕的眼神，仿佛是看到体面的社区里出现了流浪汉一样。督察等那人奔进了大楼，随后瞥了一眼乔治给他的照片。他舒展了一下手臂，轻轻地吹了声口哨。一个男人穿过街道，奔了过来。

"就是他，头儿？"他问道，"他还回来，真是疯了！"

"在这件事上，他们都疯了，小伙子。我根本弄不明白，但现在你知道了什么是直觉。"

"你是什么意思？局长要你埋伏在这里时，你可是高声抱怨的！"

"我的意思很明确，就这么回事了。好吧，你待在这里，我进去。"

年轻的侦探搓搓手，然后放在腋窝下温暖一下。

于连，极度疲惫，看上去连开自己房间门的力气也没了。

"对不起,先生……"

陌生人谨慎地对他晃了一下警官证。于连不禁惊慌地喘了口气。吉夫拉尔有点悲哀地笑笑。

"你是于连·库图瓦先生吧?"

"是的……是的,怎么啦?"

他也勇敢地笑了笑,尽管他的嘴唇痉挛地抖动了一下。

"没什么特别的事。你妻子报警说你在星期六夜里失踪了,所以……嗯哼?"

于连显得很震惊。

"我妻子?"

他已经忘记了。

"可怜的心肝,"他说道,"她肯定担心了。我出去了,但……"他停止了。他说得越少越好。"我会马上去道歉的。"

他打开了门,往里走了一步,回头说道:"谢谢……"

督察已经轻轻地一脚踩在门槛上。

"你妻子不在这里。"

"你是什么意思?你疯了吧?"

"我很遗憾,她在她哥哥家里。"

"在乔治家?多么愚蠢的念头!"

他摇摇头,很紧张,脑袋里各种想法在一个毫无意义的井字游戏里搅成一团。

"真是如此,"督察说道,"看起来她想离婚了。"

"那是不可能的!"

他冲了进去,叫道:"热纳维埃夫!"

"不在这里,先生。我说了,她去她哥哥家了。"

于连只得坐了下来,无论如何,别提起博尔德格力斯。这究竟是怎么啦?这个蠢货一直……他说什么?

"……顺便说一句,儒尔利安先生要向你提起诉讼,罪名是欺诈。"

"什么?!"

他跳了起来,猛地拉开了卧室门,两手拼命地在小桌子里翻腾。在他身后,同样镇静的声音在继续着,以遗憾的口吻说道:"如果你是在找账本,我的一个同事大约此刻正在提交给公诉官。"

于连不想再次转过身去。他得振作起来,无论如何,这都无关紧要。博尔德格力斯的事才重要,还有死亡。全能的上帝啊!一切都进行得像钟表那样准确!就是没料到电梯问题。

"你妻子对她哥哥透露了账本,把一切都交给他了。"

于连没有挪动。这一切还不太糟。吉夫拉尔还在说着。

"这就是生活,你还能干什么呢?一切事情都在你面前爆发出来。

你妻子离开了你,你内兄说你是骗子……所以,我们就来了,麻烦你谈谈马尔利城的事……"

"马尔利?"

督察清了清喉咙。

"我的意思是,你完蛋了,库图瓦先生。"

但让他吃惊的是,于连面对着他,感到了某种宽慰。

他有胆量,侦探心想。"可否让我,"他说道,"打个电话?"

吉夫拉尔不等允许就拿起电话,拨了一个号码。于连整理了一下自己的思绪。说服热纳维埃夫,小儿科。真累人,真的。乔治不会提起诉讼。账本?他得补交欠税,就这些。这意味着乔治会不得不支付应付款。吉夫拉尔看着他,看到他在微笑。

"喂?是你,马塞尔?我是吉夫拉尔。你可以让马鲁瓦回来了,他在乌马-斯坦达德大楼的一个暗哨点。嗯哼,在他家里盯住他了。肯定,吉夫拉尔的鼻子永远不会出错。告诉头儿,我要把他带来了,让他们去莫利托街取车……就这些,再见。"

他挂了电话。

"我们走吧,库图瓦先生。"

于连厚着脸皮硬撑。

"你要逮捕我?有逮捕证吗?"

吉夫拉尔摊开双手。

"非常抱歉，没来得及办。整个案情发展太快了。清晨五点，你可以想象一下，他们才发现。5:45，他们把我从床上叫起来，我就直接来到这里，没有在警察局停一下。"

"我也非常抱歉，但我可以拒绝跟你去。"

"说得太对了。我甚至还没得到许可，可以用武力把你带走。"

"既然如此，我希望你不会介意……"

他四步就跨出了门，已经向楼下奔去。吉夫拉尔在他身后不紧不慢地下了楼。在前门，于连撞上了某个人，那人礼貌地问他："你在楼上没见到我朋友吗？"

"我没时间，我……"

"你会有你需要的所有时间的，库图瓦先生……"吉夫拉尔说着走上来，"你先请吧。"

他走出去了，吉夫拉尔用劲关上了门。

这声响在于连身上穿过，如遭电击。这扇门从此关闭了他的自由。

日复一日，他听到这声音，并看到那扇正在关闭的门。

在出租车上，吉夫拉尔递给他一张早报，指指一条简要新闻："两个露营者在马尔利的树丛中遇害。凶手在逃。"

"你为什么给我看这消息?"

督察没回答他,而是拉上了车窗。"砰"的一声,于连惊跳起来。

一扇铁栅门也"砰"地关上了,把他关住了。

他们是因为你欺诈而关你的吗?有人在什么地方叫道:"门!有风!"

"好吧,好吧,别紧张!"

在什么地方,有人关上了另一扇门。

他集中精力,保持冷静。"如果我保持沉默,他们什么都不知道。"要是那些铁门没有老是"乒乒乓乓"地响就好了。

中午,他们通过铁栅门给他送来了汤,还有一张晚报的头版。他快速浏览了一下那篇几乎占据了头版的报道:

两个露营者在马尔利的树丛中遇害

这事发生在马尔利,他们为什么差点要折断我的手臂?

警方逮捕了凶手

他展开了报纸,差点惊讶得叫出声来。他辨认出了自己的那张快照,正是热纳维埃夫讨厌的那张,而乔治却一直保存着。于是,他手抓着铁栅门,想要摇晃栅栏。

"我是无辜的!让我出去!"

警卫奔过来。

"别那么叫喊,你很快就能把你的情况全说出来了。我和你的案子毫无关系……"

他倒在他的铺位上。警卫走了,猛地关上了走廊门。于连哆嗦着,流下了眼泪。

一连几小时,他故作镇静:放松。别说话,你基本上是安全的,因为这是个愚蠢的错误,警方迟早得承认。同时,博尔德格力斯那件事会慢慢淡化,就像写在沙滩上的字。那不可能,因为你没走出那个该死的电梯一步。啊,别提那电梯。乌马-斯坦达德大楼,电梯,博尔德格力斯,这些绝口不提。

就在他对面,传来了一声巨响。

"别摔那几扇该死的门!"

对面有个人高马大的黑人,一直在跳舞,拍着手打拍子。

于连捂住了自己的耳朵。

警察局长，抑或是侦讯法官？反正是个有点年纪的男人，看上去冷静、细致。他的衣领挺括，袖口也浆过了，很可能是为了给人留下老派的印象。于连感到相当镇静，说了一小段话。

"先生，这是个可怕的错误。一个悲剧性的误会，我得说，有人给了我一张报纸，你可能无法想象，当我看到我因为一桩可怕的罪行遭到逮捕时，我是多么震惊，我不可能——你理解吗？——不可能犯下这种令人恶心的罪行的。"

他闭口不多说了。可对面的男人对他表现出的所有反应都置若罔闻。那男人打了个小手势，一个坐在办公桌后的黑衣男子走了上来，对于连展示了那件雨衣。

"这件衣物是你的吗？"

那是衣领挺括的男人在问话。

"是的，怎么啦？"

"在刚过去的周末里，你穿着这件雨衣吗？"

他几乎要回答：没有！我穿外套。但现在他对自己非常有信心。

"对。我的外套留在办公室里，我让秘书把它送去洗衣店，因为……"

"我不关心你的外套。我就问你，在星期六夜晚，星期天，以及星期天夜晚到星期一，你是否一直穿着这件雨衣？"

"是的。"他说，有点恼怒。

那官员显得很满意。于连竖起了他的耳朵，当心着陷阱，在这里，陷阱很尖锐。

那男子把雨衣放回到办公桌上，回来时拿着一把左轮枪。

"你认得出这把枪吗？"

于连很谨慎。博尔德格力斯被杀时用的是他自己的枪，意大利货，贝雷塔牌之类的。我的枪是圣埃蒂安工厂生产的。这把枪看起来像是的，但我以前读到过许多案例，警方给你看一片绿干酪，却让你觉得那是月亮来诓骗你。

"哦，你认不认得出这把枪？"

"我能拿起来看吗？"

"请便。"

他拿起了枪，掂了掂重量，再察看了一下。没什么可担心的。

"是我的。"

"你最后是什么时候见到它的？"

"星期六夜晚，"他说道，"那时它在我口袋里……我记不得是否一直放口袋里，或者还是放到汽车的手套箱里了。"

他闭嘴了。他的口袋，那就是他的外套口袋了。那么在外套和雨衣之间就有点混淆了，他要想清楚才回答。

他们没在这一点上追问下去。他们已经满意了。

在庭院里，红色的雷诺已经小心地停泊好了。提问又开始了。

"这辆车是你的吗？"

他再次闻到了陷阱的气味，便仔细地检查了车牌，带有裂缝玻璃的左车灯，有香烟烧痕的仪表盘，还有缝合过的后座。

"是的，"他最后承认，"是我的车。"

他们回到了办公室里。于连觉得他刚才输了一仗，不过他不知道是哪一仗。但他还没被打倒。他知道得非常清楚，他没有谋杀过那两个可怜的露营者。他从来没去过马尔利，他甚至还不知道该走哪条路去那里……

"于连·库图瓦，我指控你于1956年4月27日至28日之间，在塞纳瓦兹省的马尔利勒鲁瓦，实施夜袭，使用一把装满子弹的手枪，袭击、盗窃，并预谋杀害了佩德罗·卡拉西，巴西公民，以及他的妻子杰曼，婚前姓氏塔里凡尔……"

他一直听到了结束，然后断然说道："我必须明确地抗议，我没有谋杀这些可怜的人，我也不可能去谋杀他们。"

他在绝境边缘住口了，那个绝境是他完美但危险的不在场证明——电梯。

那天夜晚，他第一次住进了一所真正的监狱，他画了一张他面临形势的"资产负债表"。他知道必须与之战斗的敌人,敌人很卑鄙。侦讯法官,这些人总是把辩护事项指定给那些要么太年轻要么太胆怯的律师担任,以便赢得他们的胜利。在美国电影里,他们被称为"地方检察官"。于连不知道何以如此。他们将会举行一次漫长的、初步的不开庭审理,以确定是否有充足的有罪推定理由,把于连送上法庭。这对他来说没什么。指定为他辩护的律师看起来是个聪明的年轻人。就让他说吧,而于连会缄口不谈。他要求见热纳维埃夫。这女人,出于她的嫉妒,给他挖了个多好的坑!显然,那不是她的过错,但也不是他的!谨慎对待热纳维埃夫!谨慎对待那个律师!什么都别说,绝口不提博尔德格力斯,还有电梯。马尔利的事自己会消失的……

但他无法入睡。在铺位上辗转反侧,他真想大笑一番。

"听着,我属于博尔德格力斯案件,你们这些愚蠢的小丑!我是被关在电梯里的人!"

随后他让自己在内心里安静下来。什么都不说,然后,事情就会像钟表那样平稳进行下去了。

误遭指认 百口莫辩

问题、盘问、证言、对质。

一连几天，于连坚持了下去，相信自己无罪，既自信又害怕，但一路争辩，只是一点一点地退却。

"从星期六夜晚到星期天，你在哪里？"

"我拒绝回答。"

"那么，星期天夜晚到星期一呢？"

"我拒绝回答。"

侦讯法官转向辩护律师："律师，你最好建议你的当事人选择其他方向辩护。"

那年轻人便转向于连。

"为你自己的利益着想,库图瓦,你必须说出来。"

"想要让我们以为他在保护某个女人的名誉,"法官厌烦地说道,"于连·库图瓦,以你现在的情况而言,即使涉及某个女人,你最好还是说出来。太晚了,顾忌名誉的时代已经过去了。现在你是在用脑袋交换她的名誉。"

律师试图侧面攻击一下。

"法官大人,请给予他要保护的那位妇女充足的时间过来,并证实她自己的身份。毕竟,库图瓦以一个绅士的方式行事……"

"没有什么女人,她不存在,律师,你和我一样知道得很清楚。他没在保护……"

"我没在保护任何人,"于连替他把话说完了,"我相信公平正义。你无法证明我犯下了此罪。理由很简单,我没犯罪。"

他们把他带回来了。监狱,审讯室,监狱。最让他感到惊讶的是,目击证人居然认定了他。那对老年夫妻……他们究竟是从哪里冒出来的?

"库图瓦,"法官说道,"这里有两个证人看到你,在星期六夜晚,星期日一整天,还有星期日夜晚到星期一。"

于连脸色发亮,靠近了那丈夫和妻子,以便让他们看看清楚。两人皱起眉头,用眼角余梢互相看了看。那男子迟疑了……

"身高差不多……但他一直遮挡住脸……"

"对不起,"他妻子插话了,"你开了家旅馆,你得成为一个心理学家?我说就是他。"

辩护律师立即抓住了这个微小的细节,紧盯不放。

"等一下,这里有个矛盾之处。第一,你说你断电了;第二,那人遮挡住了他的脸。在此情况下,你能不能给我解释一下,你是怎么会那么肯定,而你丈夫……"

玛蒂尔德对他高傲地笑笑。

"先生,男人和女人之间的差别是直觉。"

"夫人,法律只对事实负责!"

"你没有足够的事实吗?"法官问道,"车子?神秘旅客提供的名字——库图瓦?杀人凶器?别忘记还有雨衣。"

为什么他们都要牵扯到他的雨衣?

"然而,"律师说道,"两份不同的证词已经互相抵消了。妻子说,是的;而丈夫说,不是。"

查尔斯转过身来,脸都气红了。

"请原谅!我没有说'不是',我只是还没有说'是的'。"

"有道理。"玛蒂尔德补充了一句。

他们确实让于连感到心烦意乱。那妻子用手肘碰了她丈夫一下,说道:"我来说,查尔斯,是什么让你感到困惑的。他的衣着打扮不同。他先是穿着高领毛线衣,而后来我们只看到他穿着雨衣,还记得吗?"

"一件高领毛线衣!"律师叫了起来,"看到了吗?我敢打赌我的当事人根本就没有高领毛线衣。"

于连耸了耸肩。他应该要求一位经验更丰富的律师,更精明一点的。

"但我有一件,去乡村时穿。"他说。

"而乡村就是你要去的地方,"法官说道,"你对你办公室大楼的守门人说过的。"

"我不否认!只是,假如我从办公室直接去的话,我就不可能穿上那件高领毛线衣了。我的高领毛线衣就在家里。我当时穿着一件灰色衬衣,就是我被捕时穿的同一件衬衣。"

"我们等会儿会仔细了解你来来去去的活动的,库图瓦,"法官说道,"让我们回到你告诉过守门人的话,如果你不介意的话。你告诉他说,等一下……"他看了看他的笔记,"找到了……'我要和世界上最有魅力的女人一起度周末'。"

于连皱起眉头。

"是的,我似乎……"

法官转向律师。

"你的当事人把他自己套进绞索了,律师,那就变得很容易了。"

"根本不是!库图瓦告诉过我们,提起这位世界上最有魅力的女人,他是指他的妻子!"

"嗯,那么我很好奇为什么他没带她一起去?"

于连快要笑出声来了。

他没带上她是因为他陷在……他及时止住了,好险。闭嘴,别提电梯半个字。高领毛线衣和魅力女人的事还在反反复复地提起。此刻,法官慢慢地占了上风。

"我告诉你一个秘密吧,律师。库图瓦太太不能证实,周末高领毛线衣是否在家里。她不在家。而在另一方面,你的当事人确认了这一点,在他办公室隔壁的盥洗室里有个存放内衣裤的壁橱。"

辩护律师已经找不出辩护的理由了。于是,他就放弃了,挥挥手表示,不就是一件高领毛线衣吗,谁在乎?他转向旅馆老板。

"好,我们可以这么说吧,对于辨认库图瓦,你保持中立,对吗?"

查尔斯没来得及回答,玛蒂尔德就越过了律师,对法官说:"如果我们能看看这位先生穿着雨衣的样子,我敢说,我丈夫就会更肯定了。"

"好主意!把雨衣穿上去,库图瓦。"

他勉强地照办了。哎呀,他没注意到左肩上撕破了,肯定是被什么东西勾破了。

"现在看看他,是他吗?"

查尔斯脸部表情很多,又是眯起眼睛,又是脑袋歪向一侧,然后是另一侧。于连不耐烦地刺激他说:"怎么啦?我就是我,嗯?"

玛蒂尔德恼怒地立刻回答说:"就是他,不用怀疑。"

查尔斯咬着嘴唇,没说话。他妻子催促他:"好了,做决定吧,你能看得出就是他……还记得……"

旅馆老板举起了双手。

"啊呀,你能说什么呀,他一直偷偷摸摸地在阴暗角落里走动,转动着他的脑袋……"他提醒玛蒂尔德说,"你知道那是一副什么样子!一直躲躲藏藏的,不让别人看到他!你自己说过他肯定是在搞外遇……所以他……"

"你看看,你那么糊涂,"玛蒂尔德坚定地说道,"那不正是他遮挡脸的理由吗?"

"嗨,请注意!"律师叫道,"别轻易下结论!"

"这位夫人说得对,"法官说道,"库图瓦当时在预谋犯罪,不想以后被人认出来。"

他们又开始争辩起来了。玛蒂尔德也毫不含糊地加入了辩论,脸上带着一丝笑容,意思是,聪明人总是能相处融洽,比如她和法官。至于于连,发现在法官说的最后一句话里有点什么东西触动了他……

那就是了！

"我可以说吗？如果我没理解错的话，审讯确定那两个露营者是在星期天早晨到达的。所以，我怎么可能在星期六夜晚就预谋犯罪了？"

他自鸣得意，不明白他的律师为何看上去那么灰头土脸，也不明白那法官为何咧嘴大笑。法官替他澄清了这一点。

"啊，这么说你承认那时在马尔利了？"

"当然不是！那可不是我的意思。"

"只是个假定而已，法官大人，"律师叫道，"并不是承认。"

"你的当事人把他自己陷进去了，律师。"

"不，不，不！"

于连高声大叫。他打起精神。他的律师总是处于下风。他将不得不更加尖锐，他的安全取决于他自己。

"法官大人，你还没有回答我的问题呢。"他说。

"我们说是预谋犯罪，这已经够好了。"

此刻，于连分散了他的精力。部分的他忙于控制真相，那真相会把整个指控一笔勾销。而另一半的他则乐于观看他们为一个错误争论到声嘶力竭。整件事情很滑稽，他们很快就会意识到他们的错误了。

不由自主地，他玩弄着雨衣上的纽扣，突然，他吃惊地叫道："嗨，有个纽扣掉了！"

他的律师在座位上一阵焦躁不安。

"别惊慌,"法官镇静地说道,"我们已经发现了。"

"噢,在车子里?"

"不,在一个遇害者的手里。"

于连脸色变得苍白。法官转向查尔斯。

"现在,我们别再诡辩了。你不能肯定你辨认出了被指控人。但你之前认出了他当时穿的衣物,对吗?"

"是的。最后一次见面的时候,我甚至还注意到雨衣肩膀上撕破了。"

"你什么时候注意到的?"

"最后一次见面,星期天夜晚。"

"他的意思是指星期天清晨。"玛蒂尔德补充说。

"谢谢,夫人。你们两人都同意另一点,该撕破处以前没有看到,是吗?"

"对,"查尔斯说,"我甚至在想,如果他不要了,这件雨衣我还能有用。"

"他自己的雨衣已经糟得不成样子了。"玛蒂尔德解释说。

"就这些了,非常感谢。"

玛蒂尔德感到愤怒,居然没什么其他事了。她和丈夫离开了。门"砰"的一声关上了。于连跳了起来,随即又坐了下来。法官对着律师大笑:

"好了，律师，我们已经确认了对一个预谋的强有力推测。"

辩护律师指出了证人证词的弱点，而法官则又回归到雨衣上。

于连在心里记住了：那件雨衣也许会成为他的裹尸布。他们把他带回来了，他决定像行船一样，在船舷边扔掉一些压舱物，以快速航行。"有一点我没说实话。周末我并没有穿雨衣。"

至此，那件外套应该洗干净了吧。

法官笑笑，吩咐把丹妮丝带上来。她又跷起了腿，积习难改。

"我以为他会在离开时穿着外套的。但是，没有。星期一上午我发现了这张便条……"

她确定，星期一上午，外套在办公室里，没在于连身上。所以，他离开时穿着雨衣。法官对丹妮丝表示了感谢。

于连的目光追随着她，觉得她的小腿太瘦，臀部太低了，随后便把目光转回到折磨他的人身上："法官大人，如果我星期一没有在丹妮丝上班前就回到办公室的话，你的推断就会正确了。"

"亏你想得出来。"

法官没让他说下去，他们又把他带走了。在牢房里，于连感觉他正在船舷边扔下越来越多的压舱物。雨衣，回到办公室……危险了，这样一点一点被迫说出来。

他们把他带回来了。这次，他发现自己面对着艾伯特。

"艾伯特·希安克斯，星期六晚6:30你看到库图瓦离开了大楼。当时他穿着雨衣还是外套？"

看门人手托着下巴，闭上眼睛，噘起嘴唇。

"我告诉你吧，法官大人，我不知道。"

"尝试想想……"

"我在尝试回想。只是，这位先生总是穿灰色的衣服，你知道是什么意思吗？所以，很难讲……那时光线不是很亮了……"

"黑暗里所有的猫都是灰色的。"律师开起了玩笑。

于连朝他眨眨眼，表示感谢，但法官还不满足。

"再仔细想想，希安克斯……"

"嗯，如果你想知道我的想法，法官大人，我想他当时穿着雨衣！"

法官的手掌在桌子上猛拍了一下。于连跳了起来。律师摇摇手。

"证人的印象只是受到阅读报纸的影响而已！指控必须基于确凿的事实！"

法官盛气凌人。

"确凿事实？还不足够吗？那凶器呢？车子呢？还有那颗雨衣上掉下的纽扣呢？"

辩护律师还想要说些什么话，但法官阻止了他,律师显得如释重负。

"为什么，"法官继续说道，"为什么库图瓦没有直接告诉我们，他当时穿着外套？我们不得不找人来辨认他穿着雨衣的模样，雨衣不得不成为你谈论的确凿事实中的一个，然后他才回想起他当时没穿雨衣，为什么？"

他突然变得平静，坐着最后开了一次火。

"好吧，律师。就算他穿着外套离开，那没关系。接下来呢？根据他自己承认，雨衣放在车子里。他任何时候都可以穿上雨衣啊。"

沉重一击。辩护律师的肩膀下垂了，而法官的胸挺了起来。

"现在，让我们来澄清这件事吧，"他说道，"希安克斯，星期一上午库图瓦在大楼里吗？"

"正如我告诉您的，法官大人，我以为他在。"

又一次变化。一方有了希望，而另一方则是失望。

"但我确信是我搞错了。"看门人说。于是两个年轻人的脸部表情也随之改变了。

"那就对了，我们已经有你的书面证词了，谢谢你。现在，库图瓦，你对此还有什么话要说吗？"

"他本来没说错，"于连坚决地说道，"当时我就在办公室里，他想进来，但我把门锁上了。"

"为什么？"

"为什么？因为我……"

闭嘴。陷阱！他差点要掉进那个可怕的陷阱。他依然希望这个疯狂的马尔利案会自己澄清。别提博尔德格力斯。但马尔利案也是个陷阱，出现在他行走的每一步脚下。他喘息着，想找到出路。到处都有门在"乒乒乓乓"响着。一旦有扇门似乎开着，立即就有某人或某事出来，当着他的面就"砰"地关上了门。

他们的关门声越来越响，声响钻进了他全身各处，钻进了他的脑袋里。但他要打起精神，他的神经极度烦躁。他消瘦了，脸凹陷，人变得苍老，食欲不振，吃不下东西。在审讯室里，他两度呕吐。他们指责他装假，可他的律师甚至都没抗议。

他们把他带进来，他们把他带出去。但他振作了精神，只是，独自一人。因为他已经是孤家寡人了，热纳维埃夫抛弃了他，乔治根本不在乎他，而他的律师也放弃了希望。

他们对他展示了照片，一个男子和一个女子。

"认识他们吗？"

他哭诉道："不！不！不认识！"

他们带他进来，他们带他离开。

他的律师要求做精神疾病检查。他就温顺地接受了检查，他已走投无路了。他们发现他具有刑事责任能力。

十天后，在5月8日，所有的门不再"砰"地关上了。

什么都没有确定。但法官显得不那么确信了,而律师则脸上发光。他们对待他非常客气。法官甚至起身扶他就座。于连疲惫得快要死了,但很高兴。

"库图瓦先生,"他说话的口吻,你明白了吧,他说道,"库图瓦先生,新的证据被发现了……"

他很尴尬。律师过来打圆场。

"你暂时获得自由了……"

于连闭着眼睛,这样他们就无法看出他眼神里痛苦的宽慰了。

"显然,"法官说道,"这个证据要求我们做进一步调查,我们只得要求你在我们的监管下,再度过几天……"

他咳嗽了一下,于连不再听他了。他们发现了什么关他什么事,只要他们放他出去就行。

"……我只要求你今天来此对质,然后你就能休息了。"

乔治走了进来。他两眼肿胀,仿佛是哭了一整夜。于连站了起来,伸出双手,向他走去。然而,乔治火冒三丈,真想猛揍他这个妹夫,却难得地控制住了自己,别转了身,高声叫骂道:"猪狗不如!"

于连大吃一惊,随即笑了。

"我会还你的钱,乔治,只要让我离开这里就行。我会努力把钱还给你的……"

法官和律师交换了一下眼色。于连被带走了，律师叫道："我告诉过你，法官大人。你知道的，有一件事我无法理解——毛线衫！不管怎么说，从相貌结构来看，我的当事人根本就不是那种人……"

"显而易见，显而易见。"法官若有所思地说。

今天，于连胃口大增，浑身的力量恢复了。当律师来和他交谈时，他很高兴。

"所以说，你们已经做了决定，你们这些家伙，那不是我干的？但是，最终发现是谁干的？"

"他们在调查……他们还不知道……"

于连很惊奇，但不想表现出来。他依然小心谨慎。他没法知道他的辩护律师是不是真的友军。

"你知道，律师……我想问问，你能不能安排我见见我的妻子？"

律师皱了一下眉头。

"现在？"

"为什么不呢？"

"但是，天哪……这是个不太妥当的问题，你知道的。"

"妥当？"他是什么意思？但暂且不谈吧。

"你理解的，"律师说道，"现在的处境很微妙。"

"是的。"于连同意。必定非常微妙。倒不是他不在乎，他唯一在乎的是明天，或者后天，当他出去后……当他又活下来。

"你必须得告诉我，有关你与你内兄的麻烦事。"律师说道，随即出于某种原因，他脸红了。

"噢！欠乔治的钱会还的。我一定会全部还给他，一个生丁的钱也不会少。"

"恐怕，承诺不适合他。"

"热纳维埃夫会任意摆布他。"

而律师没听明白。

"但是，你看，库图瓦，你似乎没意识到她已经开口了。她来见过法官了。"

"啊，这么说，是的。"于连说。好吧，他会虚与委蛇，适时配合的。

幸运的是，律师没有再追问，他站起来，很是宽慰。

"我们可以以后再谈。我就不打扰你了，反正你有好消息了。"

"谢谢……"

于连在他的铺位上舒展了一下手脚，得设法搞清楚。"她"已经开口了。谁？热纳维埃夫？丹妮丝？还是那个来自旅馆的女士，也许，是来撤回她的辨认吧？

啊，管他呢，只要他能出去就行。

他睡得非常好。

他们把他又带进来了，乔治和让娜坐在那里。嗯，她也来了。她紧张得就像绷紧的弹簧，但很镇静。而乔治看起来仿佛是被斧头砍过一样。

"于连，"让娜叫道，语速很快，"我把一切都告诉了他们。我承认那晚我们在一起。"

他跌坐在一把椅子上，眼前一片迷茫。让娜？她疯了。大家都感到尴尬，只有让娜除外。乔治用一种凄凉、空洞的语调说道："我有家庭，于连。你毁了我的家，我永远不会原谅你。"

"这不是我们关心的事，请原谅，儒尔利安先生。库图瓦，儒尔利安太太已经提供了你不在现场的证明，你当时作为一个绅士，却拒绝提供。你现在承认与儒尔利安太太，你的情人幽会，先是在星期六夜里，随后在星期天夜里，对吗？"

对于连来说，这些话没什么意义。他就像一个快要淹死的人，在波涛汹涌的大海上，濒临死亡，却突然撞上了一块木板。

他深深地吸了口气，有了个念头，说"是的"就将拯救他。于是，他回答说："是的。"

乔治哭了，脸埋在两手中。让娜又沉重地呼吸起来。

她为什么要这么做？

她为什么要毁掉乔治的幸福？我真是头蠢猪，我是头活生生的蠢猪！

"库图瓦,"法官说道,"请你告诉我们,你在这两天夜晚是在哪里私会你的情人的?"

"请再说一遍。"

"这两个夜晚,你是在哪里与儒尔利安太太私会的?"

他看看让娜,她想开口说,以防他要说错话。他会怎么说?一阵可怕的沉默压抑着房间里的这四个人。

"我拒绝回答这个问题。"

让娜又呼出了一口气。法官则叹了口气。

"瞧,库图瓦。你试图或多或少地维护你内兄家的平静。我能清楚地理解,你是出于这个原因,但在审讯的这一点上……"

乔治站起来打断了法官,他态度异常激烈,以致于连在椅子里退缩了一下。

"不可能!不可能!让娜!你不是干这种事的女人!"

"于连不是犯这种罪的人!"她回答。

"但我们从来没离开过你,你是怎样见他的,什么时候?"乔治恳求道。

让娜撒谎来救他,她很镇静,很冷漠,仿佛在她作为一个有良好教养的妻子的所有日子里,她想的只是怎样玷污自己的名声。

"你和热纳维埃夫星期六夜里出去找于连了。"

"请原谅,太太,"法官说道,"但那罪行发生在星期天夜里到星期

—……"

"他们那时也出去了,先生。他们去见于连的秘书,我的小姑子以为他和她在私通。"

他们把他带走了。他的律师一直没开口,跟他出来了。律师厌恶地嘀咕着:"太丑恶了,但……"

审讯室的门打开了,乔治的声音传了出来:"我任何事都干得出,你这蠢猪!听到吗?任何事!任何事!……"

有人关上了门。那声音让于连备受折磨,律师把他的话说完了:"……好了,你自由了,清白了。"

躺在铺位上,他想弄明白,可他却又无法弄明白。除非他承认,他的内嫂爱上了他。让娜?为什么,他甚至从来就没想到过……他需要帮助时,她是唯一来帮忙的人。不是热纳维埃夫,也不是他任何一个情人,只有她。

她真不错。他重构了他获得自由的梦想,为她留下空间。她将离开乔治……

把未来留给未来去照顾吧。就目前来说……正如律师说的:"好了,你自由了,清白了。"

歪打正着 正义终临

然而，整个事情崩溃了。乔治不肯放过此事。他对女佣施加压力，反反复复地询问，终于，她承认夫人并没有离开过家。

辩护律师宣布了这一消息，口气极为不悦。

"所以，她最终承认自己撒了谎，为了救你的命。她甚至承认，她不是你的情人。自然，她丈夫不相信她。所以，他们永远不会再幸福了，都是因为你。"

于连回归到噩梦状态。他们把他带进来，他们把他带走，门又开始砰砰作响。现在，稍有声响，就会刺激到他的神经。侦讯法官很愤怒，因为他居然让自己怀疑起于连的罪行……辩护律师很愤怒，因为他无法在辩护时展示才华。

他们要重现犯罪情节。外面有一大群人,警方把他夹在看守警卫之间走在路上时,人群嘲弄他,朝他啐唾沫。他步履蹒跚地边走边抽泣着:"我发誓,我甚至连如何去马尔利都不知道!"

他们给他穿上了雨衣,往他手里放了把枪。

"快点……"

他们把他推进了他的车子,再把他从车里拉出来,他头痛欲裂。他不得不走了几步。

"就在这里,就在这里……开枪……快点,开枪!"

他遵从了,举枪瞄准,扣动扳机,"咔嗒"一声。

"现在,转身逃跑……好,停下!子弹的冲击力让你在那里停下了。"

"但根本没什么冲击力,子弹只是擦过了他。"

他们为此争论起来。他停下了吗?他没有停下吗?有人提示,也许是受害者先开枪的。不可能。他在这里干什么,就在这里,手里拿着枪?现在,看起来那个丈夫向他扑过去。有个人做出想象中与他搏斗的情形。那人的手抓住了雨衣上的纽扣,当然,纽扣不在了,就是那枚丢失的纽扣,整个过程就像是疯子游戏。法官对他叫道:"你还在等什么?开枪,库图瓦,开枪!"

他一阵茫然,于是便像个玩游戏的小孩那样,嘴里叫了声"砰,砰"。

人群义愤填膺,怒吼着发出恐吓和咒骂。一个看守警卫把警车的门"砰"地关上了。于连尖叫起来,弯下身来,开始在地上滚来滚去。他变得歇斯底里,但专家们还在现场。

"这是癫痫发作!"

"往他嘴里塞点东西,防止他咬掉自己的舌头!"

一个医生在他手臂上扎了一针,于连就陷入了沉睡之中。

他们把他带进来,又把他带出去。每一扇门的开开关关都让他感到恐惧,他通过门时畏缩不前,伸出手去阻止门关上。

"今天,我们要接触到本案的最后一个方面。我要给你一个小小的惊奇。"

又是一张照片。这张照片让他恢复了一点活力。一个漂亮的年轻姑娘,穿着打扮是圣日耳曼区的风格。他欣喜地打量着她,随即想起了常规。他胆怯地问道:"我认识她吗?"

他们窃走了他的现在,建立起一个不属于他的过去,并且正在尽力废除他的未来。他是谁?居然可以决定于连认识谁,不认识谁。法官点了点头,颇为满意地说:"你杀掉了她。"

他拒绝了律师微弱的抗议,只挥了一次手。

"以后再说,律师。库图瓦,你认出这个年轻女人了吗?我警告你,有三个目击证人看到你和她在一起。"

于连不敢说不。他只是个少数派,独自面对一个把他赶出现实的世界。

"带库图瓦太太上来。"

热纳维埃夫!他因强烈的情感而浑身发抖。她走进来了,目光低垂,扶着她哥哥的手臂,而后者看向于连的眼神如同闪电霹雳似的强烈。警方拉住了被告,他想走向他妻子。热纳维埃夫用低沉的声音恳求他说:"于连,求求你了,别再让我更加难堪了。"

她变了,不再用夸张的手势了。受难对她大发神威,让她变成了一个老妇人,他几乎认不出她了。

"吉诺……"

她摇摇头。

"我已经原谅你了,于连,但你造成了你周围的人那么多的痛苦……"

"我什么都没干!什么都没干,吉诺……"

乔治扶他妹妹坐下。法官让人给她送去一杯水,并向她出示了那张照片。

"是的,我认出来了,"热纳维埃夫说道,"是我看到坐进车里的同一个女孩。"

"什么车?"

"你的车,库图瓦。"法官解释说。

"吉诺，"他叫道，"想清楚你说了什么。我凭着所有对我们来说神圣的东西向你发誓……"

热纳维埃夫愁眉苦脸地说："还有什么对你是神圣的，于连？"她转向法官。

"我记得我注意到她的裙边是下垂的。"

没等警方拉住他，他跳了起来，一把从他妻子手里夺过照片。他看了看，事实上，裙边确实是下垂的。证据就是证据，热纳维埃夫没有撒谎。但……是他吗？证明了什么？他结结巴巴，语气不确定地问："她是谁？"

"你度周末的情侣，库图瓦！"

他又坐下了，茫然若失，他的手指按在太阳穴上，几乎没听到他们的谈话。律师想知道，热纳维埃夫是否肯定那女孩坐进车子时，于连就在车里。是的，她透过车后窗看到了他的后脑勺。

她的证词说完了。法官把热纳维埃夫送了出去，他躬了一下身，谢谢她。于连只关心一件事："请轻点关门……"

"库图瓦！"律师叫着，站了起来，"看在上帝的分上，别再演戏了，说实话吧！"

于连看着他，却对他视而不见。他自己的妻子说他有罪。那肯定是了。他没听法官说什么，有什么意义？但还有一件事……和他一起离开的女孩,现在,她肯定知道他是不是和她在一起,对吗?

"门!"他叫道,"把门打开!"

他心里升起了希望。你不可能永远玩弄事实吧。

"法官,带那个女孩上来。当她看到我,她就能告诉你,那根本就不是我!"

律师张大了嘴巴。法官轻轻地在桌子上拍了起来,随后,手掌越拍越重,拍出的声音越来越响,把于连吓得万分恐慌。法官这才停止了拍打。

"当然,你可能想装作不知道,但我要告诉你,是你谋杀了她。"

"谋杀了她?她死了?"

他倒没有真的感到吃惊。

"间接谋杀了她,我允许你这么说。但我依然不知道,你究竟是何时并且如何认识特丽萨·维劳埃的。不管怎么说,你引诱了她。你走投无路了,你名下没有一个法郎,你欠了你内兄钱,还欠了每个被你骗过的人的钱……但你仍然不想放弃和特丽萨·维劳埃共度周末。而当你在马尔利时,你见到了露营者,你就有了一箭双雕的想法,可以这么说吧。"

"法官大人,"辩护律师提醒说,"这是个过于匆忙的结论。"

"你也发现了,律师?开旅馆的人通常有个偷听住客的不雅习惯,隔着门偷听。我肯定你记得,玛蒂尔德·弗雷诺报告过的那一次谈话,那对情侣之间的谈话。你的当事人非常仔细地解释过外汇黑市。他怀疑卡拉西有二三十万法郎。"

"那笔钱足够了吗?"

他们究竟在谈论什么?

"噢,对了,律师。那不幸的特丽萨因你的当事人的缘故,已经怀孕了。他知道了,就在马尔利,她告诉了他。他崩溃了,害怕丑闻泄露,便丧失了理智。他必须得弄到足够的钱给她打胎。这里有动机,律师。"

于连不假思索地对这个故事产生了兴趣,尽管这事被认为就是发生在他自己身上。他倾听着。

"不幸的是,这个特丽萨是个有小资情调的女孩,正像他们如今说的那样。她爱上了弗莱德·穆拉林,她和他同居,直到他们有能力结婚。她度完周末回来后,就把整个悲剧告诉了她的情侣,于是,两个可怜的年轻人决定相拥而死。"

"因为我的缘故吧。"于连说,他似乎在表示同意,而不是疑问。

"正是如此。"

法官对他出示了一块手表。于连触摸了一下,很害怕。那是一块真表。在手表背面,他读到了一行文字:佩德罗惠存,你的杰曼赠……

"这手表属于被你谋杀的一个受害者。你偷窃了它,送给了特丽萨·维劳埃，作为她提供服务的报酬。她临死前，厌恶地把手表扔出了她房间的窗户。"

法官叹息着，深为他自己的口才感动，并且，为了让律师明白，说道："一个老套的故事，因贫困而卖淫。但这次却帮我们了解了整个真相。"

于连发觉自己不断地摇头。最后一扇门已经对他关上了。

他缓慢地开始整理自己的思绪。从道德上来说，谋杀博尔德格力斯没法与这次屠杀男人、女人以及孩子相比。对博尔德格力斯来说，他是个凶手，但对马尔利谋杀案来说，他是魔鬼。哎呀，他还有某种自豪呢。

"我要对你们说出真相来。"他开始说。

他吃惊地听到自己在说话。法院职员的笔已准备好了。律师张大了嘴巴，却忘记合上。法官舒服地坐在椅子上，那副神色是准备好别相信自己所听到的一个字。

"我是在乌马－斯坦达德大楼的电梯里度过了周末。"

写下了这些话的笔自己停住了，为此大感震惊。律师合上嘴巴，而法官则又身体前倾。

"你想哄骗我们，库图瓦？"

这太过分了。于连站了起来，挥舞着手尖叫着："我杀了博尔德格力斯！你们明白吗？我杀了他！所以我在电梯里度过了周末！"

他疯了，说出了一大堆细节，但却是自相矛盾。

"安静！我命令你安静！"

"不！让我说完！我再也受不了了！"

看守们交换了一下眼神，然后把他带离了。

在牢房里，他口述了完整的供状，然后就等待着结果。

一时间，他感到了平静，供认使他得到了宽慰。现在，他至少过着自己的生活。

两天之后，他被带回到审讯室里，他的头抬得高高的。

"库图瓦，"法官说，"你已供述一桩罪行，以掩盖你犯下的另一桩罪行，这要么是由于阅读了太多的报纸激发了过度的想象所致，要么就是出于一个愿望，希望被判刑的那桩罪，不会比你现在受到指控的罪更令人震惊，更令人憎恨。"

这个说法让法官非常得意，他拇指插在背心口袋里，踱来踱去。于连根本没看他。

"然而，我们还是准备听你谈谈，看看你是否能给我们提供任何微小的具体证据，以证明你所说的真实性。"

"没有任何证据，法官大人。我把一切都清除了，因为我不知道我会被指控为……"

法官没让他说完。他转向辩护律师。

"你确信吗,律师?"

"但是,"于连叫道,"看看这里吧,我供认了!"

律师显得有点动摇。

"听听我的当事人把话说完……"

"随你喜欢吧,"法官说道,非常恼怒,"但所有现存证据都指向库图瓦在马尔利的谋杀罪!"

愤怒之下,"砰"的一声,他把办公桌抽屉用力关上了。于连猛地用手捂住耳朵,恳求道:"别摔门!你想干什么都行,但别摔门!"

法官又气又恼地喘着气。

"行了,行了,饶了我们吧,别再用你那套业余手法来装疯卖傻了,你已经100%地通过了精神病测试。我佩服你巧妙构思出来的电梯故事。从技术上来说,那是可能的,我们已经调查过了。可不幸的是,在实际上根本不可能,尤其是面对着所有的证据。"

律师俯身靠近于连,轻轻地说:"这个博尔德格力斯,你说是你杀的,但他是自杀的,库图瓦。我核查过档案。如果你能给出哪怕一条证据,就能让我找对路径……"

于连试图集中精力,但他不能。

律师对法官说:"法官大人,我们不能忘记有关博尔德格力斯自杀的最后证据,那就是通常的最后一封信,也即自杀遗言,但根本就不存在。"

"听凭所请。"法官说。

辩护律师朝于连鼓励性地点点头。于连也很高兴。这列疯狂的火车终于驶上了正轨,有点积极的改变了。

"听凭所请,但有一个条件,那就是库图瓦放弃有关电梯的神话故事。在那种情况下,我会很乐意地认可库图瓦谋杀了博尔德格力斯,把犯罪现场伪装成自杀……是不是,库图瓦?"

于连有力地点点头。法官微微一笑:

"……而他的嗜血本能无法得到满足,所以继续去了马尔利。假如这是你所希望的,就我而言,我将非常乐意把被谋杀的高利贷者加入你的谋杀名单里去。我们只需在档案里增加进去即可。"

"但还有那个电梯的事,法官!"库图瓦抱怨道。

"荒唐!纯粹是想象。博尔德格力斯死了,验尸结果毫无疑义,他死于下午 5:30 至 6:30 之间。而你的秘书丹妮丝,库图瓦,正式证实了你并没有在这段时间里离开过办公室。"

"等等……等等……我得想想。"

"当然可以,"法官同意了,"想想吧。也许下次你能带来个更好的故事。"

他站了起来,抬高了声音。

"只是，没有下一次了！"

审讯结束了。于连·库图瓦被指控犯下了在马尔利的谋杀罪。根据法国法律，对他罪行的推断正式确定了。接下来会有陪审团审讯，重新检查证据（但那就是原先的证据），随后，法官和陪审团会宣判他上断头台。正义就会得到伸张。

此刻，在审讯室里，于连·库图瓦突然镇静了，作为一个男人，面临无可躲避的灾难，最终接受了后果。所有的门此刻都已关闭。再也没有新的事情可害怕了。他一言不发，不再虚张声势，走到门口，用力"砰"地关上了门，以此证明他不再害怕了。但他无法阻止自己跳起来。

"法官大人，"他声音空洞地说道，"都结束了。我自己不再知道谁对谁错，是你还是我。对我来说，唯一重要的是，没有明天了。这是某种安心，就像钱在银行一样，你知道吗？你瞧，你希望，你希望……还有……"

他悲哀地笑笑。

"有希望，就是存款。没有希望，就是现金。"

在塞纳河的河底，在吸饱了水的那个公文包里，钢制的挂钩缠绕着一堆腐烂的绳索，刚刚开始生锈。

图书在版编目（CIP）数据

恐怖电梯／（保）诺艾尔·卡莱夫著；吴宝康译. 上海：上海文艺出版社，2024. ——（域外故事会社会悬疑小说系列）. —— ISBN 978-7-5321-9070-6

Ⅰ. I544.45

中国国家版本馆 CIP 数据核字第 20240LH321 号

恐怖电梯

著　者：[保加利亚]诺艾尔·卡莱夫
译　者：吴宝康
责任编辑：蔡美凤
装帧设计：周　睿
责任督印：张　凯

出版：上海文艺出版社
出品：上海故事会文化传媒有限公司
（201101上海市闵行区号景路159弄A座3楼www.storychina.cn）
发行：上海文艺出版社发行中心
（上海市闵行区号景路159弄A座2楼206室）
印刷：上海中华印刷有限公司
开本：889毫米×1194毫米　1/32　印张8
版次：2024年9月第1版　2024年9月第1次印刷
ISBN：978-7-5321-9070-6/I.7137
定价：35.00元

版权所有·不准翻印

上海故事会文化传媒有限公司出品（01191）www.storychina.cn

想看更多精彩故事？
扫码下载故事会APP

上海故事会文化传媒有限公司所有图书可办理邮购，免收邮费（挂号除外）
汇款地址：上海市闵行区号景路159弄A座2楼206室（201101）；
收款人：上海故事会文化传媒有限公司出版发行部
联系电话：021-53204159
如发现本书有质量问题，请与印刷厂质量科联系T.021-60829062